青春阅读　幸得相见

有爱的青春陪伴者

MILK
SODA

让我住进你心里

阿曜曜 / 著

上海故事会文化传媒有限公司
上海文化出版社

·作者简介·

阿曜曜

| 小 花 阅 读 签 约 作 者 |

95 后，成都人，非典型处女座，
小甜饼爱好者，人形码字机，退堂鼓一级演奏家。
爱好太多，唯一坚持下来的只有写文和手作。

已出版：《书里跳出个小世子》
微博：@ 是阿曜曜

/ RANG WO ZHU JIN NI XIN LI /

目录

Contents

Chapter 01

收银小职员于宛童

于宛童望着面前的一沓纸币，陷入了沉思。

一旁的店主见她这般，好意提醒道："准备好了吗？要是准备好了，我们就开始了哦？"

于宛童咽了口唾沫，心里打鼓，但还是硬着头皮点了点头："准备好了。"

她哪是准备好了，纯粹是赶鸭子上架罢了。

连找了五个工作都惨遭碰壁，只有这家咖啡店看起来门槛算是比较低的一个，她原本以为收银员就只用负责打印小票就好了，没想到还让她数钱。

"等一下——"于宛童连忙叫住正准备记表的店主，可怜巴巴地望着对方期盼地问，"店主，现在不都是手机扫码付款了吗？应该不常用零钱了吧？"

她把手背在身后擦了擦手心的汗，从小到大，数学一直是她的软肋。

谁能想到都已经二十多岁的人了，算个两位数的加法还要掰指头呢？

“话虽然是这样说，但是万一停电了呢？”店主也是着实好脾气，以为她是紧张了，还笑着安抚她，“没事的，相信你自己。”

于宛童心都在流泪：我也相信我自己，肯定是数不清楚的！

面试的任务很简单，四分钟之内算出这一沓零钱的金额就行了。然而零钱中不仅有百元大钞，还有二十元的、五十元的、五元的、一元的，新钞旧钱乱七八糟地堆成了一座小山。

只听店主一声令下，于宛童开始一张张整理，慢吞吞地算着金额，然而工作量实在是太大，于宛童算完这桌上的，又忘记自己手上的是多少钱了，稀里糊涂一搅和，时间都过了一分钟了。

旁边的店主不时地看着手机计时，于宛童手心汗湿，越着急心跳就越快，额头浸出密密麻麻的汗珠，一旁的嘈杂声音都快要听不真切了。

等一下……我算到多少钱来了来着？

于宛童的心顿时沉到了谷底，空调的冷风拂面而过，冻得她直哆嗦。

“店主，我……”

“老板，来一杯柠檬水。”突然传来一道清亮的男声打断了于宛童的话，还有些微微的慵懒。

于宛童连忙抬头，便撞进一个人的双眸。

或许是见于宛童慌张的样子太过可怜，男人揉了揉一头短发，随手指了指于宛童面前的柜台：“你把十元、二十元、五十元的分开整理不就行了。”

“可是……”

“你还有时间？”男人嗤笑一声，打了一个哈欠。

“好！”于宛童破罐子破摔，手脚麻利地开始整理算钱。

瞬间，周围的一切变得沉静下来，那种紧张的窒息感也随之退去，空中又充满了静谧的阳光气息。

于宛童正准备感激地朝他道谢，突然四周墙壁快速崩塌破碎，她身体一沉就快要跌落下去……

“同学？同学？”有人正在轻轻推着她的胳膊，“我们要买单了！”

“啊？”于宛童揉了揉惺忪睡眼，这才发现自己趴在柜台上睡着了。眼前模模糊糊的是店门外柔和的阳光，她茫然地回望了一下四周，白色的桌椅，米色的壁纸，空中弥漫着咖啡的香味。

哦，对！

她都在这家店当了一个月的收银员了！

“啊，不好意思！”于宛童快速地抹了一下嘴边并不存在的口水，急急忙忙地拍着脸迫使自己清醒起来，“请问你们要买些什么？”

“这个，还有这个，都要啦！”面前的两人看上去也就十八九岁的模样，应该还是学生，不知道是逃了哪节课才得了空儿来他们店里逛逛。

“嗯，是两串青金石手链和一个蜜蜡戒指吗？”于宛童低下头数了数，脑子里又有些晕乎乎，“我看看……哎呀，懒得算了，这样吧，戒指算送你的，你给一百五十块就行。”

她才刚睡醒，脑子还迷糊着，看这两人应该算是小情侣吧，就当给他们送个小礼物好了！

反正话又说回来，每到月底查账的时候，她都是铁定要自掏腰包补账单的。

拿过一旁的木盒，于宛童认认真真地把东西打包，然后笑眯眯地递给两人，打趣道："约会呢，这手链还买的情侣款？"

女生不好意思地站在小男友身后冲她笑了笑，男生倒是反应快，摸出了皮夹给了钱，两人拉着手又在店里磨蹭了半天。

于宛童见两人实在腻得不行，不由得笑着提醒："要喝下午茶吗，有现烤的甜点哦！"

于宛童在商业区旁边的小街上这家不大的咖啡店里打工。

咖啡店主要经营下午茶的甜点，顺带卖点手工的小首饰，像是串珠的手链、项链，或者是戒指。

沾了商业区的光，生意不错，而且是在老街，环境也还算凑合。

"那……一壶果茶，再来两个芒果起司。"

"好的，请稍等哦！"

于宛童起身招呼着专门做甜品和咖啡的小米注意新的订单，在路过拐角的那个座位时，她还是忍不住瞟了一眼。

那人没来。

不过算起来，他已经快要两天没来了。

“小米，今天十号桌的客人也没来呢。”

今天店里没什么人，除了那对小情侣就没别的客人了，于宛童得了空跑到厨房和小米聊天。

“我们店一天到晚接待这么多人，你居然还能记住他们，”小米朝她坏笑，“你是不是看上人家了？”

“没有啊！”于宛童扒着门柱，笑眯眯地说，“只是之前我来应聘的时候，还是他帮的忙，不然我就没工作了！”

于宛童有个特点，她能清楚地记得每一个来过店里的顾客和他们的喜好，这使得明明只是一间小小的咖啡店却还收获了一大批的回头客。

那个角落座位的常客，也就二十多岁的模样。

穿着皱巴巴的衬衫，戴了一副眼镜，或许因为长期待在室内，有种病态的苍白。明明是个挺年轻的小伙，愣是要打扮成一个颓废青年。并且每次都只点一杯柠檬水，然后抱着笔记本电脑往沙发上一坐，在角落里待到夜幕四合才回去。

他只喜欢那个靠墙的座位。

于宛童偷偷观察过他很多次，有几次还险些对上他的目光，吓得她赶忙低下头装作整理收银条。

为什么那么喜欢那个角落的位置呢？

既照不到阳光，又离厨房太近，吵吵闹闹的。

“而且他每次只点我们店里最便宜的柠檬水，我们打烊了他才走。”于宛童试图唤醒小米的记忆，“他都是我们店的常客了，你真没印象啦？”

“好像是有这么个人，”小米忙着做芒果起司，有一搭没一搭地与于宛童闲聊着，“估计是个刚刚毕业的大学生吧，也没啥钱吃晚饭，咱们这旁边可是商业区呢，房租可贵了。”

也是啊，众人皆苦，谁的日子好过呢。

于宛童闻言，若有所思。

“L-HOUSE”是由国内著名的室内设计师卿山带队，自己开辟的一个全新工作室。工作室坐落于S市繁华的商业区写字楼里，虽然老板卿山在行业里已是赫赫有名的标杆人物，但工作室还处于起步阶段，规模并不算大。

整个工作室加上卿山总共也就只有十五人，而陆其琛正好是其中一个。

“上次的设计图，老大说很赞哦！”女助理捧着一杯咖啡，走过陆其琛座位旁的时候，话里有抑制不住的喜悦，“老大说你进步很大，下次准备把设计的决定权全部交给你。”

“太麻烦了吧。”陆其琛的脸上却并没有任何的喜悦之色，他打了个哈欠，有些疲惫地揉了揉眉心，满不在乎道，“下次再说吧，我想先去楼下坐会儿，要是老大问起来，帮我解释一下啊。”

“好吧，你昨晚是不是又熬夜打游戏了，老大要是知道又要批评你了。”女助理无奈地挥挥手，“你去吧！”

陆其琛松了松衬衫的第一颗纽扣，长呼了一口气，拎着电脑包，就快步走去了那家咖啡店。

他当初注意到这家咖啡店，还是在一年前。

那个时候，老街才刚刚建成，他和他爸吵了架，一气之下从家里跑出来，适逢大雨，他为了避雨才顺便进的这家小店。

暖黄色的灯光，浅褐色的条纹壁纸，亚麻做的软垫和实木桌子，墙上挂着店主自己画的乱七八糟的画，角落有复古的留声机放着岁月的歌。

很舒服干净的一家小店。

适合他这种逃避现实的失意人。

而后，由于这家店挨着公司，便成了他常来放松的地盘。和公司里紧张压抑的气氛不同，这家咖啡店充斥着惬意和闲散的风味，是个逃离人群的绝佳场所。

陆其琛胸无大志，只想着画画设计图，能让众人都喜欢他设计的房间就好了。

至于赚钱、升职、投资、养老，那都和他没关系。

能有个角落可以供他睡觉打盹，画图喝茶就不错了。

当他推开咖啡店的橱窗门时，于宛童正坐在柜台后面，抱着一堆瓜子嗑得开心，见有人进来，连忙慌慌张张地收拾桌子，高声道："欢迎光临——咦？"她见是店里常来的熟客，便自来熟地朝陆其琛打着招呼，"好久不见呀，你都两天没来了！"

哈？

陆其琛虽然有些不习惯这人的自来熟，但他怕麻烦，不想被别人纠缠着问个不清，干脆全盘托出："是啊，这几天公司很忙，要加班。"

"噢！那真是辛苦啊！"于宛童同情地点了点头。

两人宛如老朋友的对话被小米听在耳里，有些茫然。

这两人早就认识了？

陆其琛放好了电脑准备去前台点柠檬茶，这才发现几日没来，店里有了一些小变化。

“这些……要卖的吗？”他皱了皱眉，碰了碰墙上的一个金属手环。

藏银双直环的主体，被做成了蜿蜒的灵蛇状，在蛇嘴的位置嵌了一颗碧绿的祖母绿。

“是的！不过我还没标价呢！”于宛童正在麻利地收拾着瓜子壳，见陆其琛一直盯着那面墙，笑着问，“你要买吗？”

陆其琛一摸裤兜，得了吧，这个月还没发工资呢。

但伸手不打笑脸人，他迟疑半晌，还是问了一句：“多少钱？”

这个问题有点难。

于宛童冥思苦想好一阵，也没想到一个合适的价钱。她一笑就露出两颗小虎牙，眼睛也弯弯的：“要不你自己看着给个价吧，反正我也算不清楚。”

这么随意的吗？

陆其琛又想起第一次见她的时候，她正对着一堆零钱手忙脚乱，还是自己看不下去了出面指点了几句，然而没想到对方竟然摇身一变，成了柜台收银员。

他觉得这家店能继续开下去估计是个奇迹。

“那算了，给我一杯柠檬茶就行。”

“好嘞！真的不要其他的了吗？今天店长儿子满月，甜品八折优惠呢！”于宛童跃跃欲试地准备给对方介绍这次的大活动。

陆其琛婉言拒绝：“不用了，就只要柠檬水。”

“好吧。”

虽然店长培训他们的术语没有派上用场，但于宛童又暗自窃喜，还好他没点太多，不然自己估计又算不清楚账单了。

总算磨磨蹭蹭等到了傍晚，店里的客人已经稀稀拉拉走得差不多了，只有角落里的那个人还在看着电脑发呆，于宛童只等着八点钟声一到就收拾店铺下班，也闲得没事儿做，便撑着下巴东看看西看看。

他今天也穿着平日里那件皱巴巴的白衬衫，戴着黑框眼镜，或许是这几天加班的缘故，眼下已经泛着青色，下巴密密的胡楂没有修理，整个人像是下岗工人再就业一般的凄惨。

小米的话又响彻在耳边：

“可能是个才毕业的大学生吧，没钱吃晚饭，毕竟房租挺贵的。”

不吃晚饭怎么行呢。

于宛童撑着头在心里暗自叹气，她记得邵渊之前就是胡吃海塞一个月得了胃病。吃得多都容易得胃病，你这不吃饭铁定要坏事儿呀。

对于这样的大学生新青年，于宛童总会想到一个月前差点流落街头的自己，一种同是天涯沦落人的怜悯感油然而生。她拉了拉小米的衣袖，悄声道："小米，你去给他送一盒千层蛋糕吧，从我工资里扣。"

小米眨巴眨巴眼睛："童童，你还真是乐于助人啊……"

自己的工资一边要来补贴账单，一边还要给别人点蛋糕。这么傻白甜的姑娘，还真是不多见啊！

于宛童拍了拍小米的肩膀，很是不好意思："这种帮助别人的小事就不用告诉店长了，举手之劳，共建和谐社会嘛。"

在咖啡店上班的日子，其实很清闲的。

于宛童已经渐渐掌握了收账的小窍门，最近找错钱的情况也不再发生，竟然还被店长点名表扬了一次。

头一回获得别人真情实意的表扬，于宛童心情有些复杂。

"童童，你手机响了！"

被同事好意提醒，于宛童从兜里摸出手机，一看，竟是几个月没见的闺蜜尹穗。

"喂……"

她有些心虚地接了电话，然而这头才刚刚说了一个字，尹穗那头已经像机关枪一样噼里啪啦地喊了起来。

“童童，你在哪儿呢？我回国了啊！要不是我去聚会的时候没见到你，我还以为你真的去澳洲留学了呢！”尹穗笑嘻嘻道，“你猜我给你买的什么生日礼物！GUCCI 限量款！你一个我一个，咱们闺蜜包！”

即便于宛童已经尽力捂住了听筒，然而尹穗的尖厉嗓门实在太有穿透力，整个咖啡店都回荡着她的笑声。

感受到众人望向她疑惑的目光，于宛童吞了吞口水，捂着话筒朝大家讪然一笑解释道：“A 货！ A 货！”

“什么 A 货，几十万呢！”电话那头的尹穗丝毫没意识到于宛童有什么反常，还激动地说，“你之前说这一个月你要闭关学习，我都没打扰你。怎么样，今天我回国了，我们去玩吧，我包个场子！”

于宛童小声对尹穗说：“今晚可能不行，我在上班呢，八点这咖啡店才关门。”

电话那头传来死一般的寂静。

片刻后，尹穗结结巴巴地问：“你……你家破产了？”

她是不是听错了？

邵氏集团的千金，邵氏夫妇的掌上明珠——于宛童，居然跟她说，自己在一个咖啡店打工？以前逛街的时候刷卡都不看金额的于宛童，如今居然在一个咖啡店打工？

“不……不会吧？”尹穗结结巴巴，“我今天……今天还看见你家的广告了呀。”

她觉得自己一定是飞机坐了太久，产生幻觉了。

“哎呀，跟你说不明白！”于宛童被大家的目光盯得有些心虚，便逃出咖啡店，站在大街上朝着尹穗一五一十地全都交代了。

“事情就是这样的喽，”于宛童很是不满她哥邵渊那个抠门的性格，“他就总觉得我一无是处，离开了家就没有活路一样，凭什么这样说我呀！他不也就只比我早出生两小时，还在我耳边说教，我都烦死了！”

“可是，你们打的这个赌，你不就吃亏了吗？”同为富二代的尹穗有些不明白她这个闺蜜一家人的脑回路，“况且用爸妈的钱怎么了，钱不就是拿来花的吗？难道还能带进坟墓里不成？”

“反正我哥说了，只要我能坚持一年，就把澳洲的那栋联排别墅给我。”于宛童满不在乎道，“到时候我和赵铭源去澳洲留学，还有个落脚的地方。”

“那你也不能去咖啡店打工啊……”尹穗替她这个闺蜜心疼，“你要是想进公司，我给你找一个啊，每天啥活都不用干，坐着领工资就行了。”

“不要，”于宛童义正词严地教育起尹穗来，“我觉得那样的人生很颓废，不想成为我哥口中的米虫。”

米虫尹穗被于宛童这么一说，悻悻地闭上了嘴。

等于宛童回了柜台，发现柜台前站着老熟人。

“一杯柠檬水。”

陆其琛还是前几日胡子拉碴的模样，见面前的少女在认真地找着零钱，迟疑半晌，终于忍不住出声问道：“你们店里的那个第一百名顾客送蛋糕的活动，还有吗？”

“哈？”于宛童愣了愣，眨巴眨巴眼睛终于反应过来，原来这人说的是每晚自己给他点的小蛋糕。

想来他应该还是想吃，但是碍于囊中羞涩不好明说。

嗯……

于宛童心里打定主意，她故作镇定地翻了一下收银小票，皱眉严肃道：“第一百名顾客送蛋糕的活动现在没有了。”

陆其琛的眉头终于舒展开来。

“但是现在有个活动是每天都来本店的顾客可以获得一份草莓千层。”

陆其琛心里“咯噔”一下，有种不好的预感。

“那我……”

“是啊，恭喜你啊先生！”于宛童故作讶异地抓住陆其琛的手臂，激动道，“你可真是太幸运了！又获得我们的小蛋糕了！”

陆其琛嘴角不自知地抽了抽：“那……那谢谢啊。”

他这是造了什么孽，一个讨厌甜食的人竟然每天都能获得一个草莓蛋糕！

他这几天都没胃口吃夜宵了好吗！

往日里吃夜宵的时间现在都拿来赶设计图了！

这家店是老大派来折磨他的吧？

或许是于宛童的笑容太过于明媚，陆其琛有些不自在地四处乱瞟，他这才发现自己之前就没怎么仔细看过这面用手镯戒指串连起来的墙。

“这些都是你们店主做的？”

“不是呀，是我做的！”于宛童看了眼墙，又回头整理着收银单据，“店长说这面墙光秃秃的，让我看着办，我就把我以前做的小玩意儿都挂上去了。”

陆其琛打了个哈欠，懒洋洋地总结：“挺惊艳的。”

“是吗？”于宛童笑道，“他们还说我这面墙太复杂了，可能是我和其他人的审美不一样吧。”

“不。”陆其琛收敛了脸上的倦容，认真地说，“我很欣赏你的作品。”

他用的词不是“喜欢”，而是“欣赏”。

“喜欢”只是看到这些首饰外表后一瞬间的触动，然而“欣赏”是看到它们背后灵气时的感动。

陆其琛觉得自己向来眼高于顶，他自己甚至都忘了上一次对某种东西产生欣赏是什么时候。

“嘿嘿，谢谢啦。”于宛童咧开嘴傻乎乎地笑了笑。她笑起来很好看，眼睛弯弯的，属于那种第一眼不觉得惊艳，然而第二眼又让人移不开视线，越看越想和她亲近的类型。

“很少有人专门点评过我做的首饰呢。”于宛童垂着眼取下一串绿松石项链，“你也喜欢这些？”

“嗯。”陆其琛点点头，“我是室内设计师。”

其实他的职业不过是一个小小的室内设计师，软装只是他装修风格的其中一个分类，但是他的作品却以大胆的色彩和夸张的装饰品而在业界小有名气。他很明显地看出虽然这女孩用的珍珠和天然石只是一般的 B 货，并且设计的概念还没完全形成，不过看上去确实很不错。

“原来如此。”于宛童点点头，深有体会地说，“果然就是内行看门道，虽然我也不知道我这些玩意儿值不值钱。”

“创意无价。”陆其琛一边说着话，一边抬头，抚摸着一只手镯，缓缓道，“而且是自己的心血，不可贱卖了。”

“说得太对了！”于宛童都快要给他鼓掌了，又缠着陆其琛问道，“既然你是室内设计师，那你点评一下我们店的风格！你觉得怎么样？这都是我给店主提的建议，他们都说挺好看的。”

陆其琛看着于宛童仰着脸，一副期待的神色，有些不忍心让她难过，便别过头去，似是无意道：“我也觉得挺好的。”

被业内人士认可的感觉真是美滋滋，于宛童已经打心里认可了这位好邻居，便笑眯眯道：“对了，我叫于宛童。”她大大方方地伸出手，“下次你来咖啡店，给你打折！”

陆其琛勾了勾唇，也回握住她的手：“陆其琛，一个小公司的室内设计师。”

于宛童坐上赵铭源的车，自顾自地系着安全带，没注意到赵铭源有些欲言又止的神色。

“童童，我过几天要去见个客户，你把你的那辆保时捷拿给我开开呗。”赵铭源笑着说道，然而那笑意却没有进到眼底。

“车子没开过来，在家里的车库。”于宛童撑着头望向车窗外，满不在乎道。她心里还在想现在租的那间公寓，好像有些漏水，装修也有点老旧了，既然这个陆先生是室内设计师，干脆让他帮忙简单设计一下好了。

“童童，你要在这个咖啡店体验生活到啥时候啊？”赵铭源装作不在意地问，“上次我朋友说逛街的时候看见你，还以为你家破产了呢。”

于宛童耸耸肩，压根没把这句话放在心上：“我觉得在咖啡店挺开心的呀，原来天天在家无所事事，还不是为了等你拿到澳洲的 Offer。”

赵铭源笑着赔罪：“那都怪我，你也别跟你哥怄气了，你快辞职回去吧，每天和你朋友们喝喝下午茶，逛逛商场，也挺好的，总比在这个咖啡店受气好吧。”

“我没有受气啊。”于宛童很奇怪大家为什么总觉得她是被欺负的对象，“大家都对我挺好的，店长还说下个月给我涨工资。”

“就你那点工资，还比不上你原来一个包的钱。”赵铭源有些嗤之以鼻，但见于宛童渐渐冷下来的神色，又连忙赔着笑，“我也是关心你，你别生气啊。我怕你朋友知道你现在在咖啡店打工，嘲笑你。”

“我靠我自己的能力赚钱，她们为什么要笑我？”于宛童越来越觉得赵铭源今天有些奇怪，余光一瞥，突然发现后座上放了一个香奈儿的纸袋。她微微皱眉，正准备去拿，被赵铭源眼疾手快地止住了。

“童童，到你公寓了，我晚上还有事儿，今天就不上去了。”

“噢。”于宛童收回了正准备伸出去的手，转过头来，朝着赵铭源笑意盈盈道，“你那个礼物是给谁买的？”

“本来是准备给你的生日礼物，”赵铭源也朝她笑了笑，双手搭在方向盘上，有一下没一下地轻轻敲着，“现在还不能给你看，要给你惊喜的。”

他推了推于宛童，催促道：“快回去吧，你明天还要上班呢。”

“那好吧。”于宛童推开车门，往公寓大门走去，刚走了几步，才想起还没和赵铭源告别，然而待她回头，她身后的那辆黑色别克早就悄无声息地开走了。

陆其琛在楼下的便利店里挑选着晚上的晚餐。

他一般都懒得买菜下厨，也懒得给外卖员开门，只有这种速冻食品和快餐是他的心头好。但是由于这几天吃了太多的草莓小蛋糕，以至于他过了饭点再看见这些昔日的快乐肥宅餐，总会有种生理性反胃。

结账的同时，他看见街对面有辆黑色的别克车停在路边，咖啡店的那个小收银员下了车。

随着驾驶座的车窗缓缓摇下，一个男人的面孔映入陆其琛的眼中。

他微微皱眉，推了推眼镜，总觉得好像在哪儿见过这个男人。

直到于宛童的背影渐渐消失在夜色中，他才想起自己似乎是在给客户装修婚房的时候见过他的，但当时对方的女朋友明明不是这个小收银员啊……

陆其琛张了张嘴，想要叫住于宛童，但很快眼前又浮现出今天离开咖啡店的时候，于宛童笑嘻嘻地说晚上男朋友接她回家时，那张洋溢着幸福笑容的脸。

那对像是盛满了世间所有甜蜜的酒窝。

算了吧……这跟他有什么关系呢……

陆其琛揉了揉自己的乱发，拎着一袋速食往回走去。

他自己的麻烦事儿都没处理完呢，哪还有心思咸吃萝卜淡操心。

夜已深，一栋公寓楼里，只有几盏窗户还亮着明亮的光。

于宛童缩在被窝里，枕头上面摊开一本日记本，她正提笔歪歪扭扭地往上写着今日的琐碎小事：

七月三号，晴。今天在咖啡店打工一个月了！店主说下个月就可以给我涨工资了！虽然工资还不够买一个钱包，但是我终于可以自己养活自己了！另外今天还给店里的那个没钱吃饭的大学生送了蛋糕，帮助人原来是这种感觉，终于体会到了人生的意义！以后也要经常善待这个社会！

与此同时，陆其琛的电脑桌前也摊开着一个黑皮笔记本，这是他坚持了二十多年的习惯。

他抬头看了一眼不远处才买回的零食，然而嘴里还残留着奶油的香甜。他无奈地打了个哈欠，一边慢吞吞地往上填写着今日发生的一切：

七月不知道多少号，好像是阴天。忙了一个多月的设计图终于快要做完了，居然在楼下咖啡店连续中了二十多天的奖，吃了二十多天的蛋糕！求求老天看在我认真工作的份上，不要再中奖了！我愿意写一个月的策划案来换余下二十多天的蛋糕！

Chapter 02

「贫穷」设计师陆其琛

“小童，你黑眼袋怎么那么重啊！”小米系好围裙，好奇地围着她转，“明天是周末，你好好睡一觉吧。”

“怎么睡得着啊——”于宛童没好气地揉了揉眼睛，长叹一口气，“隔壁天天装修，每天早上八点就开始打洞，我都要困死了。”

小米朝她送去同情的目光，轻轻撞了撞她：“这几天也没见到你那个熟客了，是不是被公司炒鱿鱼了？”

于宛童习惯性地望向墙角，果然没看见那道熟悉的身影，竟然隐隐担心起来。

感觉他也挺刻苦工作的，怎么就被炒鱿鱼了呢。

自从她开始努力打工后，逐渐开始意识到钱还是挺重要的。

一个白手起家靠自己打拼的贫苦大学生，在这个偌大的城市站稳了脚，该有多不容易。

“那我把这个蛋糕拿走了哦。”小米端着于宛童给陆其琛留下的蛋糕，试探着问，“这个蛋糕今天不吃完就要过期了。”

“等一下——”于宛童叫住了她，朝她嘿嘿一笑，“还……还是给我吧，我拿回家吃。”

她的工资全拿来补贴店里的账本了，自己的卡还在她哥身上，自然是不好意思让邵渊知道。

这几天，天天给别人送蛋糕，自己都还没吃上几口。

今天好歹也是她的生日，居然连买一个蛋糕都成了奢侈品。

送走最后一位顾客，于宛童抬头看了眼墙上的挂钟。六点了，今天生意不太好，可以早点儿关门回家吃饭了！

自从她在咖啡店里打工后，受小米的影响，已经能够单独炒出一盘青椒肉丝和番茄炒蛋了。虽然青椒切得奇形怪状，肉丝也跟肉片差不多，但好歹她尽力了。

想必邵渊都不会炒菜吧！

于宛童挺了挺胸膛，只要能比她哥邵渊厉害，她心里就一百个满意。

“童童，我就先走了哦！”小米已经换好常服走出了门外，自言自语，“天好黑呀。”

于宛童顺着她的目光看去，只见远处已经阴沉下来的天际，伴随着不知名的风，空气里已经有了淡淡的泥土的腥臭味。

要下雨了啊……

夏天的雨季总是这样莫名其妙，说不准什么时候就是一片阴沉，然后伴随着席卷一切的力量，冲刷掉压抑多时的尘垢。

她皱皱眉，这才想起自己没带伞。

“哎，小米，你带伞了吗？”于宛童扒着门框喊道。

街对面的小米朝她歉意地笑了笑，耸耸肩，示意自己也没带。

她叹口气望着天幕发愁，心想着要不干脆打车。

已经有豆大的雨点劈头盖脸地砸下来，她连忙钻进停靠在路边的一辆出租车里。

“师傅，前面的锦绣花园。”

刚刚进了小区大门，倾盆大雨便铺天盖地地淋了下来。于宛童忙护着蛋糕盒往单元楼一路小跑，可还是被淋得像只落汤鸡。

心里莫名其妙地有点委屈，她还是第一次在自己生日的这天这么倒霉。

赵铭源晚上又要加班，下午才给她发消息说不能陪她过生日了。

不过说实话，她也早就习惯了这种形同虚设的男朋友的感觉。

一个人吃饭，一个人赶车，一个人看电视。

唯一不同的，大概是心里还有个慰藉吧。

挺没意思的，不过生活不就是这样嘛。

“等等——”眼看着电梯门就要关上，于宛童连忙飞奔过去，还好里面的人适时按下了按键，她飞身闪了进去，一边整理着被雨水淋得惨不忍睹的头发，心里想着眼线口红估计又淋花了，一边抬眼感激道，“谢谢啊……”

话音刚落，她就愣住了。

面前的男人，戴着一副黑框眼镜，一手拿着把湿漉漉的折叠伞，正低头浏览着手机新闻。

兄弟，你长得真是眼熟呢……

于宛童默默地往他身旁挪了挪，望着他安静的侧脸和镜片反射的冰冷的光，深深吸了一口气，仰天长叹——没想到居然和这个落魄大学生住一栋楼啊。

但是，这公寓也不便宜啊？

于宛童琢磨着：哦，对，也可能是公司给他们租的宿舍。

“陆……陆先生？”于宛童试探着出声打着招呼。

陆其琛愣了愣，转身回头一瞧，见到来人后有些惊讶地挑了挑眉：“你也住这儿？”

“是啊！这里离我上班的地方近，每天早上可以睡个懒觉。”于宛童笑眯眯地弯腰准备按电梯按钮，然而看到已经变亮的数字后，心里猛地一跳。

有些时候，你以为的 0.01%的概率发生后，你会觉得世界上任何词汇都不能形容你此刻的震惊。

见于宛童动作一顿，陆其琛侧了侧身望向面前的楼层按钮，心里顿时有了数。

“你也住十三楼？”

“啊哈……”于宛童干巴巴地笑了笑，“好……好巧呀，你是一个人住吗？”

陆其琛有些没明白于宛童为什么这么问，但还是老老实实地回答：“算是吧。”

她就说这几天隔壁怎么吵得快要翻天了，还经常看见装修工人进进出出，原来是换邻居了啊。

只不过也是没想到，居然会是这个老熟客。

两人都没了新的话题，在逼仄的电梯里有些尴尬，好在陆其琛适时打破了这种尴尬的气氛。

他看着她手上拎着的蛋糕盒，嘴角抽动："这个不会是，你们店今天的抽奖礼物吧？"

"没有！"于宛童连忙把蛋糕藏在身后，嘿嘿一笑，"这是我的生日蛋糕。"

为了给对方保留那么一点自尊心，于宛童觉得自己还真是用心良苦。

"那再见。"

"再见。"

走出电梯后，走在前方的陆其琛摸出房门钥匙打开了门，于宛童踮起脚好奇地瞥了一眼，心里顿时涌上一种说不出的滋味。

"对了，"陆其琛关门的时候突然又叫住了她，推了推眼镜，随意道，"生日快乐。"

"噢……谢谢……"于宛童傻愣愣地站着，还没回过神。

等到陆其琛关了房门，于宛童才叹了口气打开自己家门。

怎么说呢，她还是第一次看见这样的家。

墙壁和地面全是黑乎乎的水泥原坯子，偌大的客厅就只放了一台电视和一张沙发，就连茶几似乎都是拿一个鼓给改装的，房顶连吊灯都没有，稀稀疏疏地挂着几个灯泡瓶子。

想来也是，公司给员工分配的宿舍，能有多好呢。

但这种房子，一个人住，肯定很孤单吧。

陆其琛是被敲门声吵醒的。

他这几天白天要去公司赶设计图，晚上还要随时来当装修公司的监工，就没怎么睡过一次好觉，好不容易周末能放松一下，居然大清早又被吵醒了。

他没戴眼镜，迷迷糊糊地摸出手机看了一眼时间——九点半。

门外的敲门声还在继续，或许是意识到没人回应，敲门声变得轻了许多。

陆其琛趿拉着拖鞋，慢吞吞地往玄关走去，揉了揉还没来得及打理的头发，有些不耐烦地推开了门："谁……"

他的后半句还卡在喉咙里，因为他看见于宛童的小脑袋从一堆东西中探了出来。

"打扰到你睡觉了吧！"于宛童小心翼翼地问。

面前的陆其琛和往日的模样不一样，脱去那件皱巴巴的衬衫，陆其琛换上了宽大的睡袍，露出白皙又消瘦的胸膛，一头黑色短发杂乱又随意，浑身上下透着慵懒的气息。

陆其琛见她可怜巴巴的样子，满腔的怒火突然就烟消云散了，他又揉了揉头发，打了个哈欠，慢吞吞道："什么事儿？"

"我没事，是物管让我来送东西的！"于宛童手忙脚乱地抱着一堆东西，脚下还放了两个花盆，差点被绊了一个趔趄。

陆其琛这才发现，对方手里和脚边的那一堆是什么玩意儿。

扫帚、拖把、花花绿绿的盆栽、星星模样的 LED 小吊灯，怀里还有两卷像是墙纸的东西。

"这是……"陆其琛觉得自己可能是睡过了头，脑袋有些不灵光，虽然于宛童说出的每个字他都知道是什么意思，怎么组合起来有些不明白呢？

"是物管来送温暖的，我买菜回来看见他们，就顺便给你搬上来了！"于宛童仰着头望向陆其琛，扬起一个大大的笑容。

她有一个特点，即便是再漏洞百出的理由，她总能用自己的笑容让这个牵强的理由变得真诚起来。

果不其然，陆其琛愣住了。

“送温暖？”

不是，他看上去是很需要组委会救助的人吗？

“你别多心呀，每户人家都有的。”

于宛童侧身让开，陆其琛才发现对面的家门口也摆了一堆小玩意儿。

“我……”

陆其琛神色很复杂，他不想要，他是真的不想要。

作为室内设计师，他不允许这种乱七八糟的东西充斥着他的房间！这对于他的极简设计完全就是一种灾难性的破坏！

但是他从小就不善言辞，嘴又笨拙，见到于宛童满脸通红，想到或许是这个小姑娘独自一人气喘吁吁搬上来的吧。

这样拒绝了，是不是有点不太厚道。

“那……那谢谢啊……”

陆其琛弯腰准备把这些“杂货”给搬进家里的杂货间，却被热情的于宛童接过：“没事儿，我帮你！”

她麻利地抬着盆栽，往房间里走去：“这个花盆放在哪儿？放在电视旁边吧！”

“好……”

“这个灯呢？你的墙壁太黑啦，我给你挂上吧，特好看！”

“行……”

陆其琛看着于宛童像个小蜜蜂一样在房间里东窜西窜，帮他布置着整个房间，不出一小时，她就忙活得差不多了。

往日里性冷淡的装修风格，填上了这一堆花花绿绿的植物和小星星灯，陆其琛有种给变形金刚穿了裙子的错觉。

他也太惨了吧！

被逼着吃蛋糕就算了，现在连他精心设计的房间都要变成这样了！

“我觉得这样好看多了！”于宛童累得气喘吁吁，但还是满意地回顾四周，“这样才有家的感觉嘛，你们公司太不近人情了，租给你们房子都不带装修的。”

“公司？”

陆其琛明白了，感情这姑娘以为这房子是公司租的宿舍楼，所以才根本没装修，显得很破烂？

他头一回，对自己的审美产生了怀疑。

“那我就回去啦！”于宛童见对方一副欲言又止的模样，以为对方心生感激不知道如何感谢自己，便自来熟地拍拍对方肩膀，“没事的，我之前找工作的时候也经历过和你一样的日子。”

一样的穷，一样的差点吃不上晚饭。

陆其琛脸上的神色有些复杂，他很想笑，但是看着满屋的装饰又很想哭。

“对了，给你留一个我的微信号。”于宛童决定帮人帮到底，送佛送到西，“你才搬来，还不熟悉，要是有什么事儿，就找我，我现在跟物管他们很熟啦！”

她见着对方的样子，懒懒散散的，一看就是个遇到大事会慌神的人。

交换完了微信号，于宛童终于有种事情圆满结束的欣慰感，她冲陆其琛挥了挥手，便径直往对面的自己家门走去。

“那个……等等！”

突然，陆其琛叫住了她。

“我想，对于你男朋友，你还是应该知道这件事。”陆其琛叹了口气，揉了揉凌乱的头发，摸出手机调出上次那间婚房客户的照片。

唉，麻烦啊，他还是又多管了闲事。

告别了陆其琛，于宛童回到空无一人的家中。

关上房门的一瞬，就像体内的所有力气都被耗尽一般，她慢慢地弯下腰，扑在了沙发上，把头埋在靠枕之间。

悄无声息地，眼泪就开始止不住地汩汩流出。

她从看见赵铭源和那个女生欢欢喜喜的合照后，看见那所明明是她所喜欢的风格的婚房后，她云淡风轻地忍了太久，甚至她都没想到自己居然还能笑着和陆其琛打过招呼再回到自己家中。

但说到底，伪装的面具都是戴给别人看的。

她以为自己只要宠着护着，就能把赵铭源拴在身边，从她大学进入校园的那一刻，遇到的第一个人就是赵铭源。他们一起看电影，偷偷亲了她一口还转过头去不敢对上她的眼神的，也是赵铭源。

回忆像潮水般铺天盖地地涌来，模糊了她的视线。

身边没了尹穗，也没了邵渊，更没了爸妈，于宛童只能一个人蹲在地上偷偷哭泣。

旁人都羡慕她家世显赫，羡慕她受尽父母宠爱，羡慕她挥金如土，羡慕她有个深爱她的男朋友。

然而结局却是，她每天哄着捧在手里的人，却用她的钱去讨另一个女孩子欢心。

她就这样被劈腿了。

“小陆，这几天你带两个人去负责一下这个客户的项目，我这边还有事。”卿山拍拍陆其琛的肩膀，对这个得意门生很是看重，毕竟是他一手带出来的徒弟，“虽然目前公司周转还有点困难，但是我向大家保证，下个月，下个月款项到位，给大家发奖金！”

陆其琛无奈地笑了笑，老大认识自己这么多年，还以为他是为了钱才进的“L-HOUSE”。他要是想进大公司，有千把万把的机遇供他挑选，就算他想自己开公司都没问题。

他甘愿来到卿山的小工作室，只是因为他看重了卿山独特的能力，作为行业里的标杆人物，能学习到更多的经验，完成更多的作品，这才是他一直追求的动力。

他只是不想让别人再称呼他为“小陆总”。

不想再生活在他爸的影子下。

他永远无法忘怀他母亲临终前失落的神色，不想再成为像他爸那样为了事业而变得血性冷漠。

“小陆啊——”卿山把他拉到角落，有些不好意思地问，“你那个朋友，还能不能再借点，你知道的，大家和工人都两个月没发工资了，我这边银行还没……”

“没事，”陆其琛打断了他，笑了笑，递给他一张名片，“你要多少钱，直接让他打过来就行。”

于宛童请了一天假，准备和赵铭源摊牌。

她花了整整一晚的时间来调整情绪和思考这段感情，深知自己就算失声痛哭，就算抑郁愤怒，但也无法改变什么了。

她并不傻，只是甘愿为了赵铭源而成为对方理想型的乖巧女友。

即便她再爱赵铭源，她也不会委曲求全换得对方回头。

因为她知道，在她原谅他之后，自己的妥协也就成为赵铭源的一道王牌了。

等了好半天，赵铭源才姗姗来迟，还是带着一贯的笑容，只是那笑容太过刺眼。

“童童，公司还有点事儿，怎么了，怎么突然来了？”

于宛童微微一笑：“没事，你答应送我的生日礼物呢？说好的给我惊喜呢？”

赵铭源有些怔住了，半晌才反应过来：“哎，你看我这记性，这几天一直加班，等晚上我给你送过去！”

“不用了，”于宛童也扬起嘴角，“我觉得我们还是结束比较好。你就拿着那个香奈儿的包，和你的小女朋友过一辈子吧。”

于宛童开着店主借给她的车，一路横冲直撞地进了地下车库。

于宛童一改往日里乖巧的模样，连门口的保安都怀疑自己认错人了。

“喂——”于宛童接通了尹穗打来的电话，苦笑着说，“我没事啦，我回家了哦。”

“他没有为难你吗？”尹穗显然很不放心，“我听你说他在大学时候就是偏激性子，放走了你这条大鱼，他就甘心？”

“也没怎么为难，不过就是找我要了分手费，还真是够厚脸皮的。”于宛童嗤笑着，“我自己都不够花呢，他居然还想得出来找我要分手费！”

“那你怎么说的？”尹穗追问，“你给他了？”

“没有啊，”于宛童满不在乎道，“我们在群星广场摊的牌，那儿人这么多，他自己也不好意思。”

“那你注意安全啊，有事给我打电话！”

下了车，于宛童没走几步，就觉得有些不对劲。

可她转头一看，空荡荡的地下车库，只有惨白的灯明晃晃地照着，没什么可疑的人。

但那种被人盯着的感觉，让她浑身不自在。

可能是看错了吧……

进了电梯，于宛童拿金属板的电梯门当作镜子，照了照自己的脸，面容憔悴，眼窝微青，头发乱糟糟地绑在脑后。

她前几天听赵铭源说最近在负责一个大项目，于是睡觉的时候也老在担心赵铭源今天有没有被上司骂，工作任务是不是很繁杂，压根儿没法睡个踏实觉。

——还好你走了，不然我老是担心你会走。

也许是心头空了一大块的缘故，于宛童在走出电梯的时候，都快有点不适应了。

走廊空旷得只听得见她高跟鞋的回声，不像她平常待的咖啡店，总是回荡着大家悄声交谈的喜悦声，伴随着轻柔的音乐声。

这种公寓就是这样。

关上门，便是两个世界，人与人之间的距离就被一堵门隔绝开来。

她摸出钥匙准备开门，然而不知是她疑心作祟还是别的原因，总觉得有人在暗处盯着她。

她回头望去，电梯停在一楼，安全通道的门也是紧闭着。

是不是又没睡好产生幻觉了？于宛童苦笑着摇摇头，打开门准备进屋。

然而就在她前脚刚踏进门的刹那，她回头望了一眼。

只是一眼，就足够让她心脏慢跳一拍。

有个男人正站在露了一条缝的安全通道门后，死死地盯着她。

陆其琛坐在会议室里，听着他的同事口若悬河地向两个客户讲解着这一次的设计方案。他平日里不爱说话，只喜欢闷着头画图，讲解的工作自然不是他的强项。而且要是让他这么一个懒得要死的人，为了讲解这种方案，熬夜准备，那还不如杀了他算了。

“王总，我让我们这次的主要负责人陆其琛给你讲一下其中的规划布局。”同事小陈朝陆其琛抬了抬下巴，示意他可以准备一下待会儿的发言。

陆其琛心中百般不情愿，但还是不得不起身，然而就在这时，手机适时地振动起来。

屏幕上三个大字——于宛童。

她打电话来有什么事儿？

虽说陆其琛和于宛童都互相留了电话，但也只是因为邻居的缘故，平日里连句问候都没有。

“不好意思，我接个电话。”陆其琛歉意地朝他们笑了笑，撒了个谎，“家里有急事。”

等他推开会议室的大门，不慌不忙地接起电话后，只听于宛童急促地问："陆其琛，你在家吗？"

"不在。"陆其琛觉得很莫名其妙，"怎么了？"

"没……"于宛童支支吾吾好半天，才终于道，"我觉得有人在跟踪我。"

"跟踪？"饶是陆其琛也吓了一跳，他眉头微皱，"怎么回事？"

"应该是我前男友。"于宛童的声音听起来有些慌乱，"我刚刚开门的时候，往回看了一眼，就发现他正站在安全通道的门后边偷偷看我，吓得我立马就进门反锁了。"

说到这事儿，于宛童还一阵后怕。

刚刚在地下车库的时候，就老觉得有人在盯着他，那么空旷的地下车库，一个人也没有，更何况当时她还一个人进的电梯，万一赵铭源也跟着她进了电梯……

"那你先把门反锁了，要是他还在门外纠缠你，你就报警。"陆其琛也说不出来自己为什么这么担心，"你别怕，我马上回来。"

"好……哎——"于宛童突然急声道，"他开始敲门了，敲得特大声！"

"你别开门。"陆其琛打开会议室的门，当着众人的面把文件全部交给一脸茫然的同事，便做了一个手势，大步往电梯方向走去，一边沉声道，“我已经在路上了，马上回来。”

“好。”于宛童深吸一口气，迫使自己镇定下来，点了点头，“那我等你。”

挂了陆其琛的电话，门外赵铭源还在锲而不舍地敲着门，只是敲门声太大，说是砸门都不为过。

于宛童踮着脚，走到门后，透过防盗门的猫眼，想看清楚外面的人，却被强光刺得眼睛生疼。

赵铭源在拿手电筒一直照着猫眼，她根本没法儿看清外面有几个人。

“于宛童！你把话给我说清楚！凭什么你想分就分！

“好，就算你想分！老子和你在一起的这些日子装得像个孙子一样！你打个电话我就跑断腿，就为了让你开心！你现在想把我一脚踢了！没门！

“快给钱！你不给钱我就去你爸的公司闹事！我每天带人去你那破咖啡店堵你！我要闹得天下皆知！”

强有力的敲门声撞击着于宛童的耳膜，她咬牙切齿，却又无可奈何。

亏她以前还觉得赵铭源并不是看上她家的钱了，而是觉得她性格好才和自己在一起的。

真是幼稚可笑。

就凭赵铭源那蠢货，要个分手费都狮子大开口，真以为自己是什么黄金单身汉哪？

于宛童干脆去忙家务活了，任他赵铭源自个儿在外面敲门，他又进不来，再闹一会儿，估计就偃旗息鼓了。

等到于宛童把衣服扔进洗衣机，调好时间，准备去客厅给尹穗打个电话，就听到门外传来一阵窸窸窣窣的声音。

她皱着眉，慢慢地走向玄关，缓缓地蹲下身。

那声音是透过锁孔传出来的……

也就是说……

她连忙起身趴在门上，想透过猫眼打探外面，然而还是被一阵强有力的光刺痛了眼睛。

于宛童心下一紧，既然有人拿着手电筒照着猫眼，又有人在开锁，说明外面的人应该多于两个人。

赵铭源还带了人来？

于宛童几乎是狂奔到厨房的，拿起上次给陆其琛送温暖的菜刀，抑制住内心的慌张，拨通了报警电话："喂——110——我要报警……"

她结结巴巴地还没说完，就听见门外突然没了声音。

又是死一般的寂静。

她一手拿着手机，另一只手还拿着菜刀，就这么愣在了原地。

突然，门锁发出清脆的"咔"的一声。

门开了。

于宛童脑子里霎时一片空白，后背控制不住地发凉，脚心手心濡湿一片，双腿几乎是软得快要跪倒在地上。

当看到一条腿跨进她家玄关的那一刻，她条件反射性地往卧室里跑，然而还没来得及关上门，赵铭源的一只手已经从门缝里伸了过来，死死地掰着门："于宛童，你跑什么，把话说清楚——"

我跟你说个鬼啊——

她心里气得不行：实在不行就拼命好了！反正陆其琛还能回来给她收尸呢！

她索性也不压着门了，一把将门甩开，赵铭源被这力道摔得一个趔趄，还没反应过来，肚子上已经结结实实被踹了一脚。

这一脚于宛童是下了力气的，恨不得一脚把赵铭源踹成残废，然而还想再踹一脚的时候，却感觉自己被人从后面紧紧地抱住了。

她怎么忘了还有其他帮手呢！

男人抬着她的身体，赵铭源抬着她的腿，两人合力准备把她往卧室里拖。

于宛童的双手胡乱地挥舞着，不停地扭动着身体，希望能够摆脱两个人的控制，匆忙中她摸到一个陶瓷的摆件，便猛地向赵铭源砸去。

赵铭源一偏头，陶瓷砸在墙上，小碎片刺到了他的脸，他吃痛地松手，于宛童落地就是一个侧踢，再一次踢到了赵铭源的下巴，顺带准备用胳膊肘猛地撞向她身后的男人。

然而她还没来得及出手，只见男人已经摸着后脑勺倒吸一口凉气，“哎哟”地叫唤，有鲜血顺着他的脑门蜿蜒流下。

陆其琛抄起一个花瓶站在男人身后，头发被汗水浸湿，紧抿双唇。

显然赵铭源还没从突发情况中回过神来，于宛童奋力挣脱开来，往陆其琛身后跑去。

“陆其琛！”于宛童扒着陆其琛的胳膊，激动不已，“快打他！打他！”

赵铭源终于反应过来，三人就快要扭打在一起时，门外传来急促的脚步声："警察——别动——"

屋里吵吵嚷嚷的，不断地有物业公司的管理人员进进出出，还有警察轰赶着围观的人群。

赵铭源和他朋友已经被带走调查，据说是因为恼羞成怒想要给于宛童一点教训。

于宛童坐在沙发上发呆，蓬头垢面，衣服乱得像被揉皱的抹布。此时此刻，对上陆其琛目光的一刹那，她眼泪止不住地流下来了："哇——陆其琛……呜呜呜……"

她的鼻涕眼泪糊了陆其琛一袖子，这时，她才发现陆其琛没有穿着平日里的那件皱皱巴巴的白衬衫，而是换了一件深蓝色的纯棉衬衫，还打着深色的真丝重磅领带。

"你……你今天有约会啊……"于宛童哭得上气不接下气，还不忘找来纸巾给陆其琛擦擦衣袖，"我……不好意思啊……"

其实她和陆其琛并没有太深的交情，但就像溺水的人看到漂在湖上的那一根稻草时，内心深处迸发出的求生冲动。

这种感激和踏实，不言而喻。

陆其琛哑然失笑，干脆拿过抽纸递给她："你还是先擦擦你的脸吧。”

于宛童接过纸巾，瞥到墙上的镜子：乱糟糟的鸟窝似的头发，满是灰尘的脸，清晰地挂着两行泪痕。

她想笑，又想哭。

真是什么事儿都给遇上了。

“没事了，没事了。”陆其琛本来就嘴笨，更是说不出什么安慰的话，见于宛童可怜兮兮的，又不知道该怎么办，只能笨拙地轻轻抱了抱她，“好了，警察来了，别哭了。”

“好好好……”于宛童抹了把眼泪，挤出一个苦笑，“哎，让你看笑话了。”

“没事。”陆其琛拍拍她的后背，只会简单重复一句话，“没事的，没事的。”

陆其琛的拥抱给于宛童一种很踏实的感觉，她狠狠地吸了吸鼻子，闻到一股淡淡的茶香，心下平静不少。

才刚刚出了这种事，于宛童还有些不能回神，陆其琛便换了件衣服带她去派出所做笔录。

往日里快言快语，像个话篓子的于宛童到关键时刻掉了链子，结结巴巴地说不清楚，一会儿想不起赵铭源敲门的时间，一会儿又记不清对方到底是走的电梯还是楼梯。

还是陆其琛看不下去了，从手机里调出通话时间拿给警察看。

于宛童站在一旁，偷偷抬眸看了一眼陆其琛，见对方在配合警察调查的时候，收敛了平日里懒懒散散的态度，说起话来逻辑清楚、条理清晰，跟往日简直判若两人。

好像他也不是一个消极懒散的宅男哎……

等出了派出所，天已经黑得差不多了，空中弥漫着饭菜的香味，于宛童的肚子适时响了起来。

“我请你吃晚饭吧！”于宛童感激地说，“感谢一下你今天的见义勇为！”

陆其琛是想早点回家一边吃汉堡可乐和烧烤一边打游戏的，他这几天吃多了小蛋糕想吃点辣的开开胃。

但是，见于宛童这么热情，他又不忍拒绝，自己都没发现自己又恢复到了往日里不善言辞的模样。

“那，谢谢了。”

既然是请客吃饭，自然要选一些有档次的餐厅，但是又不能太过铺张浪费，必须还要考虑到陆其琛的经济收入和他的自尊心。

于宛童在手机上挑选半天，终于下定了决心。

“就吃这个天麻鸡汤锅吧，它上面说大补呢！你今天累坏了吧，吃点补补身子！”

陆其琛：“嗯？”

这话好像也没毛病，可怎么听起来那么不对劲儿呢？

等从饭馆里出来，于宛童摸了摸圆滚滚的肚子，很是满意地长舒一口气，以至于下午遇见的那件晦事在美食面前都不值一提。

“你吃好了吗？”于宛童热情地说，“要不我再请你吃点什么小甜品吧？”

“不了不了！”陆其琛连忙道，“今晚吃得很满意，谢谢！改日我请你！”

怕于宛童不信，他不得不扯了扯嘴角，努力堆起一个还算看得过去的笑容来。

他其实今晚都没吃几口，顶多算个四分饱。

瞧见陆其琛的微笑，于宛童算是松了口气，心中洋溢着助人为乐的充实感。

回了家，于宛童把下午的狼藉垃圾给收拾干净，又把房间里所有关于赵铭源的一切都扔进了垃圾桶："拜拜了您嘞！"

她从明天开始！就要做一个全新的于宛童了！

七月十号，阴，今天终于和赵铭源分手了，我的妈！他居然还要来报复我！

还好热心邻居小陆及时出面，我请他吃了一顿天麻鸡汤锅，很好吃！小陆和我都非常满意！以前怎么没发现这家好店？下次要带尹穗来尝尝！今天算是开心的一天！

陆其琛回了家，松开衬衫纽扣懒洋洋地准备往沙发上一躺，却感觉到后背不知道被什么东西硌得疼，他伸手胡乱一模，才发现是前几天于宛童拿来的星星小彩灯。

肚子还在咕噜噜地叫，不远处的废衣篓里还有下午穿的那件沾满血迹和眼泪鼻涕的衬衫，手机里老大的未接来电和短信持续轰炸着他的耳膜。

"天哪——我最近怎么这么倒霉啊！"

"小陆总"躺在沙发上，欲哭无泪地揪着头发打滚。

他离开家这么久，即便公司差点破产，即便他爸被围追堵截，即便他的生活费快要不足以支撑房租，他都没觉得麻烦。

只有这个月！只有这个月！

陆其琛埋头写着日记，觉得他可能到了人生的瓶颈期。

七月可能是九号吧，多云，我觉得我应该明天去慈恩寺算算命。

Chapter 03

这算是约会吗？

悠扬的琴声弥漫在空中，坐在两百米高空的旋转餐厅，得以俯瞰S市的优美全景，无论是延绵的海滩还是国立美术馆都尽收眼底。

于宛童却没有心思欣赏这窗外的世界，她只是有些局促地撑着头看向面前的尹穗。

然而对方却像是故意折磨她一般，只是不紧不慢地用银勺挖着绵绵冰上的碎屑，等到瓷碗快见了底，她才用一旁的纸巾按了按嘴角，又掏出口红补了一个妆，终于想起被她晾在一旁的于宛童，调侃着问："那这么说，昨天还算是命悬一线喽？"

"我当时不是想着你可能在睡午觉嘛。"于宛童知道她闺蜜在气什么，无非是自己当时第一个想到的对象居然是隔壁邻居，"你别磨磨蹭蹭了，我今天出来是请了假的，这个月只能请两天，不然就要扣工资了！"

尹穗这才恢复到往日里的暴躁大姐形象，她猛地一拍桌子，惊得旁边吃甜品的小姑娘傻愣愣地望着她，还以为她是来砸场子的。

“于宛童！”尹穗只有在气得抓心挠肺的时候，才会叫她的大名，“我之前早就跟你说了这个赵铭源他不是个好东西，你偏不信！现在好了吧，长教训了吧！”

“啊？”于宛童终于明白过来，尹穗生气的点原来不是自己找了陆其琛而没有联系她，她生气是因为自己之前看走了眼。

“是啊，我现在不是擦亮眼睛了嘛。”于宛童笑眯眯地安抚着尹穗，摸出勺子挖了一勺绵绵冰吃。

只要尹穗对陆其琛没有敌意，那就好说！好说！

“等一下——”尹穗按住了她的手，后知后觉地反应过来，“你说，当时是你邻居救了你，报的警？”

“是啊。”于宛童咬着勺子，眨巴眨巴眼睛，心里想：坏事了。

果不其然，尹穗拉着她，好奇地追问：“你说清楚一点！你这个邻居做啥的？长得怎么样？是喜欢你吗？他是不是看上你家的钱了？”

“哪能呀，我又没跟他说我家是做什么的。”于宛童握着银勺扒拉着绵绵冰，小声说，“长得还凑合吧，白白净净的，收拾出来肯定比赵铭源好看。就是有点穷，我见他每天都是吃了上顿没下顿的，好像还是个设计师。”

“那他喜欢你吗？”尹穗一听于宛童这话，八卦之心熊熊燃烧，“应该是喜欢你的吧？不然他怎么接了你电话就来救你了？”

“可是我俩没怎么打交道啊……我对他也没感觉，就是看他没钱可怜的。”于宛童撑着头，对尹穗的判断产生了怀疑，“而且当时赵铭源找了个小女朋友，还是他告诉我的呢。”

“是啊！这说明什么！说明他早就看上你了！”现在的尹穗，哪儿还有刚刚那个美艳御姐的样儿，活像个媒婆。

她握着于宛童的手，苦口婆心地讲解道：“我跟你讲，按照姐的经验，他应该是早就看上了你，但是碍于你对赵铭源那个浑蛋还有恻隐之心，于是略施小计，让你擦亮眼睛，重新做人！”

“是……吗？”于宛童很是困惑，“你哪儿来的经验？”

“这你就甭管了。”尹穗一心想要帮助她的闺蜜早日忘记渣男，重新投入新男友的怀抱，为她出言献策，“虽然他穷是穷了点，但是！还是可以列入你新男友候选列表的，穷小子和白富美，现在韩剧都这样！”

“我现在也只是个打工的呢……”于宛童小声辩解，被尹穗忽略过去。

“好！”尹穗一副愿意为了于宛童上刀山下火海的模样，“没感情也是可以培养的，就冲他愿意从公司赶回来救你，这个忙，我帮定了！”

于宛童：“？”

同样一脸蒙的还有远在公司开会的陆其琛，他揉了揉通红的鼻子有些愁眉不展，从刚刚到现在，他已经打了五个喷嚏了。

难道是因为昨晚熬夜洗衣服感冒了？

等会议结束，陆其琛也开始收拾文件准备回到自己的岗位，被卿山拦住。

“小陆，你让我求的东西，给你。”一米八几的老大在公文包里摸摸掏掏好半天，摸出一枚拇指宽的平安符来，有些纳闷地问，“你咋还迷信这玩意儿？”

他也是没想明白，自己不过就是去C市出差，陆其琛非缠着他要他去C市最大的寺庙里求个辟邪的平安符来。

这根本不像往日的陆其琛啊！

“谢了老大！”陆其琛非常重视，小心翼翼地把他放进钱包里，还拍了拍，感觉到平安符的存在后，才心满意足地放进裤兜，“这几天霉运太多，求个符保平安。”

“我也觉得你这几天跟撞了鬼一样。”卿山深以为然，陆其琛原来虽然懒是懒了些，但交给他的工作任务还是会顺利完成的，这几天不仅拖进度，还常常找不到人，不知道在瞎忙活些什么。

“你要是这几天累的话，我今天给你放半天假，你好好休息。”卿山知道他平日里喜欢去楼下的那家咖啡店，便鼓励道，“你可以去楼下那家咖啡店放松一下嘛。”

“不用了！”陆其琛非常坚决，“过几天再说吧。”

他算是明白了，自从他最近天天去那咖啡店后，就没遇见过一件正常事。

下午卿山给大家放了半天的假，由于陆其琛的朋友及时出面帮卿山解决了资金问题，得以顺利完成如今的这个大项目，虽然还在施工期间，但总算是了却了心头一件大事，卿山便热情邀请大家来到楼下的那家咖啡店小聚。

没错，正是于宛童工作的咖啡店。

陆其琛迟疑了片刻，还是决定先走一步为妙。

“老大，我今天可能感冒了，就先回了。”他匆忙收拾着文件，头也不回地往电梯口跑去，生怕晚了一步又被拖进那家咖啡店的大门。

等开车回了家，陆其琛的心情才终于得以平复下来。还没到小区里孩子们的放学时间，夏日悠悠的阳光，静谧的午后，葱茏的植被，这不正适合回家睡个午觉嘛。

电梯缓缓上行，随着一声清脆的电梯铃声响起，十三楼终于到了。

陆其琛打了个哈欠，懒洋洋地拖着公文包往家门口走去，心里盘算着晚上到底是吃泡面还是吃速冻饺子，冷不丁发现家门外的过道上有人正扶着拖把跑来跑去，隔壁的房门大敞开，不知道她在忙什么。

他心里“咯噔”一下，正准备缓缓地小心翼翼地从于宛童身后避过，赶快开门回家。

然而有些时候，好奇心真的容易坏事。

陆其琛鬼使神差地回头望了一眼，才发现于宛童的家里，那水都已经漫过沙发腿了。

别问了，别管闲事了！回家睡个午觉不好吗！

心里有个声音在怒吼着，然而陆其琛迟疑半晌，还是忍不住出声问道：“你家怎么了？”

“哈？”于宛童挥汗如雨，收拾着这一地狼藉，听见有人问话，便连忙回头，见是陆其琛，笑着解释，“嗨呀，是你呀！没事儿，就是不知道怎么回事儿，这水管爆了，还是楼下邻居给我打电话我才知道的。”

“噢，那叫物管来看看吧。”陆其琛背对着她，摸出钥匙开房门。

“已经通知了，他们说马上来看看，只是家里面这些家具都快要报废了，我的床和沙发全都受潮了。”

于宛童说起来也是欲哭无泪，她明明记得自己出门的时候水电气全都好好地检查完了呀，今天尹穗来家里拿东西的时候，也说家里还好好的，怎么一到下午就成这样了！

“那……是挺惨的。”陆其琛朝她投去一个同情的目光，心里的那个小人又朝他怒吼起来。

别问了！问这么多你是准备帮忙吗！赶快回家关上门好好睡一觉啊！

“那你晚上住哪儿？”

陆其琛败了，他又一次觉得自己没救了。平日里路过马路边连叫花子都不带多看一眼的他，短短一个月内都快成为他们小区的十佳青年了。

“不知道耶，可能睡宾馆吧，但是这个家具被水都快泡软了，短短一天应该恢复不好，还要慢慢换。”于宛童虽然算术不好，但她掰着手指想了想，估计这一年的工资都要贴补家用了。

“你要不住我家吧，我家还有个房间。”这话一出，陆其琛就后悔了，但见于宛童惊喜地望着自己，又不得不硬着头皮把话说完，“反正离你家也挺近的，你每天还方便收拾打扫。”

“这……不太好吧？”于宛童想了想，对方还住在公司的职工宿舍里面呢，自己就占一间房，怎么着也得付个房租吧。要不然，陆其琛不是亏大了吗？

“你会做饭吗？”突然，陆其琛冷不丁问了一个完全不着边儿的问题。

于宛童还没反应过来，只能傻乎乎地点点头：“还凑合吧，能吃。”

“那你稍等一下——”

“砰”的一声，陆其琛关上房门，短短两分钟后，他打开了房门，侧身让开：“请进吧。”

于宛童望着干净整洁的房间，还有点蒙。

刚刚她还看见这沙发上挂着皱皱巴巴的外套，地板上随意乱丢着外卖盒子，怎么一瞬间就大变样了？

“不会麻烦你吧？”

“不会。”

陆其琛一边随口说着，一边走到厨房垃圾桶边，把钱包里的平安符愤愤地给扔了进去。

看来这跟平安符没关系，这姑娘是命中克我啊。

于宛童当天便回了自己房间收拾了一些衣服和护肤品，拎着箱子便去了隔壁陆其琛的家里暂住。

怕被尹穗等人知道，她还特意在好友群里发了一个最近自己加班忙，让他们别来找自己玩的消息。

“你就睡那间房吧。”陆其琛躺在沙发上用遥控器换着电视频道，随手指了指电视墙后面的房门，“那间房我还没来得及收拾，之前都是拿来装书的，明天你早上做饭的时候小点声，我还要睡懒觉。”

“你不用去上班吗？”于宛童蹲在地上，一件件地收拾起自己的行李，强找着话题和陆其琛闲聊。

“明天周末啊，”陆其琛很是不解，他看了一眼于宛童，有些困惑地反问，“明天你不用上班吗？”

“原本是要上的，但是我想休息。”于宛童说得理直气壮，“店主说扣工资就行了，我想着也划算。”

划算？

陆其琛心里暗叹：难怪这小姑娘一直就在这咖啡店待着，这么便宜的劳动力，不要白不要啊。

“那你呢？”于宛童扭头问，“你不找什么兼职吗？”

咖啡店的小米都还要打两份工呢，她瞧着这个大学生生活看上去也不宽裕，不然怎么一件衬衣穿一周？

“我累得就想周末睡一觉。”陆其琛双手枕在脑后，满不在乎道，“而且我又不差钱。”

于宛童摸了摸鼻子，心想：果然各有各的活法，这同学还挺乐观。

第一次在别人家做饭，于宛童有些紧张。

她不过是半路出家，上几周切的肉片都有城墙拐角厚，但在别人面前夸下海口，只能硬着头皮照做了。

“你要开始做饭了吗？”陆其琛啃着苹果，靠在墙上好奇地问。

“嗯……”于宛童打开冰箱看了一眼，还挺丰盛，“你想吃什么？”

别人好歹借了一间房给他住，又没问她要房租，她舍命做顿饭怎么了！

不就是多双筷子的事儿嘛。

“我？随便吧。”

陆其琛是真的不想吃小蛋糕，也不想吃泡面了。

他瞧见于宛童从冰箱里拿出一根苦瓜、一包紫菜和两枚鸡蛋，麻利地把鸡蛋敲破打成蛋浆，心里便稳了。

看来是个会做家务的。

陆其琛遇见这么多的小姑娘，哪个不是天天叫外卖，或者去爸妈家蹭顿饭。穷人的孩子早当家，他长这么大，还没自己洗过菜，家里有钱又怎么样，扔出去单独活一个月都麻烦。

他靠着墙偷偷看于宛童。

对方似乎已经从前任的阴影中走出来了，说实话，他还是挺佩服于宛童的。搁平常的女孩，遇见这么大个事儿，早就吓得惊慌失措，估计还要半个月来调理心情，她愣是像个没事人似的。

于宛童低着头默不作声地切菜，脸上带着恬静的笑容。

她先把苦瓜切段，掏空，拿勺子将肉馅填满空心的苦瓜里，然后放进锅里准备蒸熟。这边锅上还蒸着苦瓜，电饭煲里的米饭已经准备就绪。泡好紫菜，切好空心菜，顺带压好蒜泥，就等苦瓜蒸熟，放油锅开始下一轮的炒菜。

这一系列的动作做得有条不紊，行云流水。于宛童不慌不忙地收拾着一切，看上去挺享受。

陆其琛看了半天，自己都没意识到嘴角扬起了一个满意的弧度。他把苹果随手一扔，趿拉着拖鞋往客厅走去："我先去睡会儿——"

"你怎么一天到晚都在打瞌睡啊……"

"无聊的。"陆其琛打了个哈欠，含混不清道。

半晌，客厅的电视声音变得小了些，传来某人均匀而绵长的呼吸。

于宛童将蒸好的肉馅苦瓜装盘端出来，锅上的紫菜蛋花汤已经关了火，还有一盘蒜泥空心菜也早早地放在了桌上。

“喂——”于宛童端着盘子有些无奈。

对面的沙发上，陆其琛正盖着毛毯睡得舒服。夏天的夜晚，明明六点了却还是亮堂的天，只不过是夕阳西下，湛蓝色的天幕被渲染上了橙红色的余晖。

“怎么还在睡啊……”于宛童走到陆其琛身边，推了推他：“喂，起来吃饭了！”

这种给别的男人做饭还等着对方一起吃的感觉，不由得让她又回忆起之前和赵铭源的种种。当初那种忐忑不安的心情，现在是没法儿体会了。

如今的她，依旧是抱着给自己做饭一样的心境，不同的是，添双筷子罢了。

就像是恋爱的剧本，到她这儿，就变成美食栏目的主场了。

“做好饭了啊？”陆其琛揉了揉惺忪的睡眼，又止不住地打了个哈欠，闭眼闻了闻，感叹道，“好久都没闻到家常菜的味道了。”

“那是，你每天都不吃饭的。”于宛童背对着他用饭勺盛着饭，见他醒了，便径直拉开椅子坐了下来。

陆其琛换了家居服，普通的短袖短裤，戴着无框眼镜的他看起来就像个大四学长。

“两菜一汤，够吗？”于宛童夹了一筷子的空心菜，吃得腮帮子鼓鼓的，“你要是觉得不够的话，明天我再加一个菜。”

“够了够了。”陆其琛很满意，觉得有了这么一个室友，深得他心，“两人吃，绰绰有余了。”

“嗯，我在楼下买了草莓，晚上我们可以吃酸奶杯！”只要一提到吃的，于宛童两只眼睛都闪闪发亮。

“随便你啊，你想吃什么就做吧，反正冰箱里什么都有。”陆其琛是个很奇怪的人，虽然他做不来菜，但他习惯冰箱被占满的感觉。

“我当然要做合你胃口的菜啊，你是我的房东呀。”于宛童殷勤地将汤往陆其琛那儿推了推，“还要汤吗？”

于宛童亮晶晶的双眸像是夏日傍晚的晨星，陆其琛突然心头一动。

这种被人关心的滋味还真是久违了。

有多久没有体会到这种感觉了呢？他自己都记不得了。

陆其琛正欲接话，门外却传来了嘈杂的喧闹声，似乎还有人在敲着对面的门。

他们这层楼总共就两家住户，铁定是找于宛童的了。

于宛童猛地站起来，还险些撞翻了桌上的碗盏，但转念一想，赵铭源还在局子里关着呢，那就应该不是他喽？

“你等一下，我去看看是谁。”她朝陆其琛歉意一笑，小心翼翼地踮着脚趴在门上通过猫眼望了望。

一个穿着黑风衣的男人，正站在于宛童的门前，不知道在和房里的工人们说着什么。

自从于宛童家里被水淹了后，就开始陆续地找人清扫泥污，置办家具，听打扫的师傅说，她这样的两居室都被水淹了，家具也不能用了，怎么着也得四五天才能处理好。现在，她家里几乎无从下脚，只有工人们进进出出。

“邵渊！”于宛童从隔壁陆其琛的房里窜出来，还颇为贴心地把门给对方关好，她走到她哥面前，凶巴巴地问，“你来干什么？”

“妈让我来看看你还活着没。”邵渊睨了他一眼，有些嫌弃地问，“你这房子里面还能住人吗？”

“你管我呢！”于宛童没好气地说，“我住得挺好的，有吃有喝有钱花。”

“不是尹穗接济你，你那小破咖啡店的工资够你挥霍？”邵渊双手抱肘，嗤笑一声。

听见邵渊这样说话，于宛童不吱声了，但还是埋怨地瞪着她哥。

于宛童是邵家三辈出来的唯一一个女孩，她爸乐得两天没怎么合眼，就连于宛童她妈要求于宛童跟自己姓，她爸想都没想就直接答应。总之于宛童刚出生的时候，可谓是受尽了家里的万千宠爱，以至于她爸妈在家陪她玩的时候，都忘记叫保姆去接还在上小学的邵渊回家。

可能，邵渊对她的不满就是这时埋下种子的吧。

反正从小到大，于宛童没少受过她哥的毒舌和欺负，好在她每次都去爸妈那儿告状，让她哥也吃不了兜着走。

“你怎么从隔壁出来的？”邵渊漫不经心地瞥了一眼，嘲笑道，“自己家待不下去了？我听说你那前男友和你闹翻了？”

肯定是尹穗那个大嘴巴又在散播谣言了！于宛童心里默默把她的好闺蜜问候了八百遍。

“我之前就跟你说过，这男的就是看上你的钱了，你还跟个傻白甜一样。”邵渊嗤笑一声，对于宛童的遭遇很是不屑，“最后呢？还不是躲在房里哭鼻子。”

“我才没哭！”于宛童从鼻腔里哼了一声，对她哥的不请自来很是不满，“你说完了吗？说完了你就回去吧，我还有事呢。”

“你有什么事。”邵渊不怒反笑，“你哥来看你，你都不知道请你哥吃顿饭吗？”

陆其琛在桌前默默吃完了自己碗里的饭，然而左等右等，都没有等来于宛童。

他静待片刻，还是起身走到门口，但握住门把的手又迟疑了。

不太好吧，他这时候出去说什么啊。

“也是，关我什么事儿……”陆其琛揉了揉头发，慢吞吞地走到餐桌旁，但坐下来没多久，就听见楼道里传来于宛童大大的嚷嚷声，他正欲收捡碗筷的手一顿，想了想，还是大步往门口走去。

“我在我朋友家吃饭呢，只做了两个人的饭。”于宛童没好气地说着，她是不敢让她哥和陆其琛见面，本来两人是纯洁的友谊，从她哥嘴里说出来，指不定就变成什么乱七八糟的关系了。

“那个姓赵的，还在局子里呢？”邵渊突然冷不丁问了这个。

于宛童愣了半晌，还是点了点头：“是啊，得关十多天呢。”

“知道了。”

邵渊摸出一根烟来正准备多问几句，于宛童突然听见身后传来门把手拧动的声音。

她二话没说，连忙按下电梯开关，正逢电梯停在十三楼，她直接把她哥给推了进去：“你回家吃吧！”

电梯门关上的刹那，陆其琛从房里探出头来。

“于宛童，你不吃了吗？饭菜要凉了。”

“要的！”于宛童连忙跑过来，笑着说，“嗨，没事儿，就是尹穗找我来着。”

陆其琛经常听于宛童说起这号人物，似乎是她闺蜜。但尹穗至少是个女生，怎么他刚刚听见的却是于宛童在和一个男的说话。

不过既然于宛童要掩饰，那自然是有她的道理，陆其琛便没有再多问，只是心里隐约有些不舒服起来。

至于为什么不舒服，他只能解释或许因为自己今天闲事管太多。

咖啡店晚上七八点就可以关门了，小米有些时候要忙着回家接妹妹放学，关店门的任务就落在了于宛童身上。

“陆其琛，你等我一下，我还要关灯关水电。”

“好。”

于宛童在厨房穿梭，忙得晕头转向。自从她借住在陆其琛家里后，陆其琛下了班便会来咖啡店等她，这样她可以蹭陆其琛的车回家，节约下来的车钱够他俩吃顿火锅了。

“我等会儿回了家先休息一下，你做好了饭叫我，我来洗碗就行了。”

于宛童终于问出了一直想问的问题：“你为什么总是瞌睡呀？”

“我？”陆其琛掌着方向盘，漫不经心道，“你不觉得睡觉是最享受的一件事吗？工作、家庭、打游戏，哪有睡觉来得自在。只要已进入梦乡，就又是另一个世界，多有趣。”

“可是现实世界也挺好的啊。”于宛童小声嘟囔，又忍不住侧头望了陆其琛。

对方并没有听见她说话，只是专心地把着方向盘，她便知趣地没有再多说话。

每个人都有秘密，她尊重彼此的小世界。

和陆其琛一起合租的日子里，于宛童有种自己在陆其琛家里当免费保姆的错觉。她甚至算是想明白了，陆其琛压根不是看她可怜才收留她，纯粹是因为想找个人来做饭吧？

“童姐，我今天做了一天的策划案了，好累哦。”陆其琛斜靠在沙发上，懒洋洋地撑着头，有气无力道，“您看，今晚的洗碗任务，就交给您了吧。”

为了以示恭敬，连称呼都不由自主用的敬语。

于宛童没好气地扔下拖把，愤愤不平道：“昨天开始你就腰酸背痛，今天还想要赖？反正我家打扫得差不多了，你自己忙去吧。”

明明说好了两人一人一天做家务，陆其琛三天两头就罢工，还得她于宛童来收拾烂摊子。

她可是于宛童哎，从小到大，她爸妈哪让她做过什么家务活，就连一旁的扫把倒了她都只会目不斜视地走过，现在不仅家里她做饭，还要兼任卫生委员了？

陆其琛一听这话，揉了揉一头乱糟糟的头发，不情不愿地起身帮忙收拾屋子。

为什么有做家务这么麻烦的事情存在啊！

俗话说得好，男女搭配，干活不累，平日里懒得要死的两个人，认真地打扫起房间来还是很有效率的。

于宛童揉了揉酸痛的腰，正准备好好歇一歇，适时，手机响了起来。

几乎是同时，陆其琛的手机也振动起来。

两人颇有默契地对视一眼，各自拿了手机去不同的房间接听电话。

“童童，跟你说个好消息！”电话那头，即便尹穗刻意压低了声音，但言语中的雀跃还是暴露了她内心的激动，“你哥去赵铭源家闹事了，还把他打了一顿，现在赵铭源工作也丢了，他爸妈还把他那女朋友打了一顿呢。”

于宛童愣了愣，这才想起来似乎赵铭源确实也到了该被放出来的日子了。

她哥为什么知道赵铭源家的地址？

不对，重点是她哥为什么这么积极？

“我哥？”于宛童又重复了一遍，神色古怪，“你确定是邵渊？”

天哪，这是什么神奇展开！依她对她哥的了解，邵渊能不落井下石就已经是感天动地了，还帮她出头呢？邵渊这是被菩萨附身了？

“咋不是，你哥特意问了我地址……”尹穗意识到说漏了嘴，连忙打哈哈跳转话题，“哎呀，这个不重要，你在陆其琛家里住得还习惯吧？”

“你怎么知道我住在陆其琛家？”于宛童很快又发现了不对劲，狐疑地问。

尹穗只想扇自己两个大耳刮子：“哎呀，你家不是漏水了吗，你又不回你自个家，又不来我家，还能去哪儿？”

于宛童突然福至心灵，隐约嗅到了一丝不寻常。

“我家水管爆了，不会是你弄的吧？”

“你说啥，听不见呢——”尹穗的声音越来越小，“对不住啦，进电梯了，等我下飞机跟你说——”

等挂了尹穗的电话，于宛童自己都没发现自己嘴角勾起了一个弧度。

看来邵渊也不是那么讨厌嘛。

等进了客厅，电视不知什么时候被关掉，整个客厅一片死寂。陆其琛靠坐在沙发上，揉了揉眉心，显得异常疲惫。

“刚刚老大打电话来，说我的方案不可行。”

于宛童背对着他正准备倒水的动作一顿。

“干这行真的累。”陆其琛长长地叹了一口气，他的面容被朦胧的灯光镀上了一层倦意。

“我不知道我现在设计的意义何在，通俗点说，我似乎已经有些厌倦我的工作了。”陆其琛皱着眉，似乎还想说点什么，却闭了口，无奈一笑。

于宛童也微微地蹙了蹙眉。

从这段时间和陆其琛的接触来说，她逐渐知晓陆其琛供职于“L-House”这所颇有知名度的工作室，能得到卿山亲自指导和带队，已然是其他设计师梦寐以求的工作，然而其中的心酸滋味，怕是只有陆其琛才能体会一二。

“为什么会有这种感觉？最近压力很大吗？”于宛童关切地问，“啊……其实我原来一直以为你们公司挺轻松的……”

“这跟公司没有关系。”陆其琛摇了摇头，“我一直觉得室内设计是要打动我的顾客，带给他们归属感，而并非一味追求设计感，不过现在我的方案连我自己都打动不了。”

他一直认为室内设计师是非常具有创造性的一个职业，应该是能在房屋与人之间起一个沟通与交流的作用，室内设计必须倾注进情感，平庸和普通的装修风格是不能体现家庭的独特的。

“这是很正常的。”于宛童笑着把倒好的水杯递给他，“以前的你也许太过于一帆风顺，根本没体会到所谓瓶颈期的压力，这可能是很值得骄傲的一件事，但同时也会是你的一个损失。”

她耸了耸肩，笑道：“我不太懂你们行业的规则，不过艺术来源于生活这句话我觉得你应该比我清楚。其实很多时候，你都太过于疏离和冷静，很难去接近其他人，也很难融入其他的群体。”

他曾说于宛童的小咖啡店是他灵感的来源，然而咖啡店只是一个单独的个体。

这个世界那么大，形形色色的人群，千姿百态的景色，这些都是于宛童的小咖啡店所没有的。

但是陆其琛因为自身的性格，很大的程度上不愿去接近这些所谓的人间烟火。

陆其琛有些微微地愣神，在他印象里，于宛童还是那个整天嘻嘻哈哈不知愁滋味的小姑娘，怎么今儿突然老气横秋地说出这番话来。

“所以——”于宛童舒舒服服地伸了个懒腰，笑眯眯地问，“这周要不要去植物园玩呀？”

“植物园？”陆其琛还没从刚刚于宛童说的话中回过神来，“这周？”

“对啊，不是说郊县那边才开了一个植物园吗？听说还有蝴蝶泉呢！”于宛童兴致勃勃地说，“你就当放松一下吧，这几天你天天加班不觉得累吗！”

“喂！你只是没车想让我当你司机吧！”陆其琛后知后觉地反应过来，然而于宛童早已大笑着跑进了卧室。

七月二十日，大晴天，明天要去植物园！今晚熬夜做准备！明天要化一个美美的妆，让陆其琛给我多拍点照片！这几天住在小陆家，展示了一下手艺，嘻嘻嘻！邵渊那个狗腿子没想到吧，现在我也是能够独当一面的童姐了！不过看在邵渊打了赵铭源一顿的份上，我就不把他刷爆我信用卡的事告诉爸妈了，留他一条小命！

于宛童写到一半，又笑嘻嘻地合上日记本，躺回床上。

之前和赵铭源谈恋爱的时候，对方只喜欢让自己带他出入高端酒局，即便要旅游也是打卡国外网红景点，哪去过什么植物园呢。

她对植物园的记忆，还停留在小学春游的时候。

这还是第一次和别人去植物园玩呢……

这叫约会吗？

于宛童脑海里突然浮现出这句话，她猛然惊醒，抓了抓头发迫使自己冷静下来。

“不能这样于宛童，你要把持住自己啊！”

小陆把我当室友，我却还想泡他！

这样不好，不好！

一墙之隔的主卧，陆其琛戴着黑框眼镜，撑着头在日记本上写写画画：

七月二十日，晴，明天去植物园，被于宛童死皮赖脸拉着去的，但是看见她那么想去，我就勉强同意吧。

他望向窗外的圆月，明日铁定又是一个好天气。

想了想，陆其琛又在日记里加上一句：

不过那天敲门的人到底是谁，于宛童为什么要骗我说对方是个女人？

Chapter 04

我好像喜欢上了一个女孩

本来这周应该是小米轮休，于宛童软磨硬泡才让对方答应和她调换假期。

当于宛童睡醒的时候，天还没大亮。

她慢吞吞地洗漱完后，清晨的第一缕阳光才姗姗来迟。

坐在梳妆台前的于宛童，在伸手触碰到化妆包里的口红时，微微有些愣神。

这是以前赵铭源送给她的礼物。

其实连于宛童都没想到，自己能这么快地走出失恋的阴影。

她不像邵渊，也不像尹穗，这两人对待感情就像换件衣服一样平常普通，但她不一样。

在她看似开朗豁达的外表下，深藏着的却是一个乏味又胆怯的灵魂。

这种害怕对方会离开，所以宁愿委屈自己的牺牲型人格，长久地折磨着她。然而明明她家财万贯，明明她荣光不减，可在赵铭源面前，却成了那个摇尾乞怜的小可怜。

“这日子还是得过啊……”于宛童自言自语地说着，换了一支其他色号的口红。

这大千世界，又不是只有赵铭源一个人，既然老天没有把自己的手交付于赵铭源的掌心之中，那她也没有必要再为这个陌生人伤感失神了。

等于宛童收拾好一切，陆其琛似乎还没有苏醒的迹象，眼看着窗外的骄阳逐渐有了炎热的趋势，于宛童决定亲自去叫她的这位“司机”起床。

蹑手蹑脚地扒着陆其琛的卧室门站定后，于宛童终于能够大大方方地打量这周遭的一切。

往日里他们两人都是各做各的卫生打扫，颇有默契地离对方卧室几米远。但有些时候人性就是这么古怪，越不让去的地方，越能勾起一个人的好奇心。

因为是主卧，陆其琛的房间比于宛童的次卧要大上许多。没有沿用普通的白乳胶作为墙壁颜色，相反，陆其琛竟然用水泥糊了几层就算完事，窗帘也是选用的不透光厚重帘布，墙壁粗糙的颗粒感和整个房间灰暗的基调暴露无遗。

一间二十平方米的卧室，除了放陆其琛的床，便是靠着墙壁整整一面的书柜，以及散落在地上的游戏机。

这么大的人了，还打游戏呢？

于宛童小心翼翼地凑到陆其琛的床边，对方此时正在熟睡中，丝毫没有意识到有人接近。

陆其琛睡得很熟，取下黑框眼镜的他竟然还有那么一丝清秀，嘴角微微勾起，带着恬静的笑容。

视线下移，映入眼帘的是对方消瘦的胸膛和令人浮想蹁跹的锁骨。

身材还挺好的哦。

这时，于宛童才惊觉陆其琛没穿衣服，对方温热的鼻息在这昏暗的房间中竟带有一种说不清道不明的意味。

这不废话吗！人家在自己家睡觉谁还裹得像个爱斯基摩人啊！

那我要不要走啊……但是陆其琛还没醒呢……

就在于宛童犹豫不决之时，陆其琛定的手机闹钟适时响了起来。

简直就是她的及时雨！

睡梦中的陆其琛突然被吵醒，还有些不能接受，只是闭着眼睛皱眉不知道嘟囔了几句什么。

于宛童便顺水推舟，拍了拍他的枕头，试探着叫着陆其琛的名字：“小陆啊，今儿还去玩吗？”

“啊……去吧……”陆其琛闭着眼胡乱嘟囔了几句，估计自己都不知道自己在说些什么。

“那你快起来！我给你看个好东西！”

于宛童属于那种做事特别认真，还必须按部就班的人。

既然陆其琛答应了周末去植物园，她早早地就已经写好了一大串的攻略，在陆其琛还揉着惺忪睡眼，不愿离开被窝的时候，于宛童早就打开书包，掏出一大卷类似厕纸的东西向他炫耀：“你看，我们今天就按这个攻略玩——”

“那是什么啊……”陆其琛还沉浸在梦乡，眼皮子都没法睁开，打着哈欠含混不清道。

“攻略啊，我特地去网上查的！我跟你说啊……”她兴致勃勃地给陆其琛介绍，“植物园旁边还有个古镇，我们可以顺路去！不要门票钱！”

“我们来得及吗……”陆其琛大脑还没开始工作，微微眯着眼摸出手机打眼一看，“都已经九点了。”

“我早算过时间了。”于宛童随手拿出一块冰袋扔给陆其琛帮他醒瞌睡，“我们开车去郊县大概要开一个多小时，现在是周末，人比较多，我们可以走这条线——”她把那张类似厕纸的攻略翻得哗哗作响，“看，我们走绕城高速会很节省时间，然后我们再……”

冷不丁怀里多了一个大冰坨子，陆其琛一个鲤鱼打挺坐了起来，脑子也清醒一大半。

“好好好，我先去洗漱，上车你再慢慢说。”陆其琛算是认识到了于宛童的雷厉风行，连忙阻止了于宛童还想继续说的冲动，头也不回地往厕所跑去。

虽然于宛童大清早吵醒陆其琛的举动让他很是不满，但他又不得不佩服于宛童的功力。

短短的周五晚上几个小时，于宛童写的攻略覆盖美食、娱乐、交通，完全不用担心第一次去没有经验迷路或者是找不到好吃的店铺。

“厉害啊童童。”陆其琛赞叹，“我还没有遇见几个人像你一样。”

这段时间的短短相处，连陆其琛都没发现他对于宛童的称呼从全称变成了和尹穗一样的“童童”。

“那是当然。”于宛童竟然也没觉得有什么不对劲，她还沉浸在别人对她的夸赞之中，“我和你设计的房子一样，是独一无二的。”

按照于宛童说的路线，绕过了拥堵的市中心，他们倒是很快就到了植物园。

说实话，现在的年轻人大都是网吧、电影院、KTV 一条龙路线，很少有人会来什么公园、植物园玩。

他俩在门口瞧了瞧，只看见几位老人和一群来春游的幼儿园小朋友以及他们的老师。

"哟，还挺大的。"陆其琛戴上墨镜，站在大门口打量着植物园。

葱葱郁郁的绿色，隐约可以听见树丛里的蝉鸣。一群白鸽扑腾着翅膀从他们的头顶飞过，在浓郁的绿色中，扑面而来的是舒缓的清风和不知名的花香。

"走吧。"于宛童率先跑向园区。陆其琛正准备跟上，手机突然振动。

他摸出来一看，眉头皱了皱，直接挂掉塞回包里。

走进植物园，仿佛空气都清新了许多。

陆其琛觉得自己多日来的烦闷似乎都在此刻得到了净化。他闭上眼，缓缓地呼出一口浊气，顿时觉得心旷神怡。

置身于高大的树林中，天色被叶冠遮挡得几乎严严实实，透过密密麻麻的枝叶，可以看见零星的湛蓝色的天空碎片。

“啊——好舒服——”于宛童半眯着眼伸了个懒腰，她兴致勃勃地跑到陆其琛面前，有点小骄傲地说，“看，有没有感觉现在心情好点？”

“嗯。”陆其琛点点头，很赞同地点点头，“很舒服。”

人与自然的和谐相处总能碰撞出不一样的灵感——像是耳旁的鸟啼，树林间枝叶的窸窣摩擦声，远方纯净的蓝天白云，脚边不知名的野花。

阳光被浓郁的树林层层地遮掩住，只剩下清凉与寂静。

于宛童戴了顶比她脸还大的草帽，此时此刻像个小孩子一样四处乱跑着，就连看到树干旁的小蘑菇也像发现新大陆一样，激动得语无伦次：“陆其琛——你看，这里有蘑菇——”

陆其琛正蹲下身拿着单反对着一株野花上的露珠拍照。

透明且纯净的露珠在零碎的阳光下闪闪发光。

他缓缓地按下快门，小心翼翼的动作像是怕惊扰了林间的精灵。

听到于宛童的叫喊声，陆其琛连忙抬头，刚好看见于宛童正朝他兴奋地挥手。

于宛童穿了件镂空的白色长裙，齐肩短发被编成了一根小辫子甩在脑后。她刚好站在树林的中央，一束光从她的头上温柔地洒满她全身。

她笑得很干净，像是陆其琛面前的那朵野花上的露珠。

又像是家里那本泛黄的相册里，夹着的那张照片。

鬼使神差地，陆其琛举起相机，朝着于宛童，不加犹豫地按下了快门。

两人估摸着时间差不多了，便朝着景点的饭馆走去。

“你刚刚在照什么？”于宛童好奇地说，“我叫你，你都不理我。”

“没，就是些花花草草。”陆其琛揉了揉短发，顾左右而言他，“吃什么，我都饿死了。”

“牛肉面吧？我记得你好像最喜欢吃？”于宛童指了指前面的面馆，听见陆其琛兜里的手机一直振动不停，不由得好心提醒，“你手机响了。”

没办法，陆其琛只得做了个手势，示意于宛童先走，自己接个电话。

“喂——”陆其琛颇有些烦躁地揉了揉头发，很是不耐烦，“什么事？”

“为什么不接电话。”电话那头的人显得很不满。

“忙呢，没空。”陆其琛催促，“没事儿的话，就先挂了。”

“钱还够用吗？”那头的人率先开了口，“什么时候回来，你奶奶想你了。”

“过年吧。”陆其琛满不在乎道，“你就别管了。”

对方沉默半晌，又叹了口气：“你注意身体。”

“行。”

挂了电话，于宛童见陆其琛神色有些不对劲，以为是老板打来批评陆其琛的，便连忙问：“你们老板让你回去加班吗？”

“不是，”陆其琛差点就要脱口而出这是他爸打来的，但还是适时地住了口，“朋友打来的。”

还是先不告诉于宛童这些好了。

他不能想象当于宛童得知她室友并非是表面上那个穷小子之后的反应。

说到底，他还是没信心，不是对于宛童，而是对他自己。

在金钱和权势面前，谁又能保持真心呢。

不得不说，于宛童的假期游玩放松法很是见效。至少对于陆其琛而言，又产生了新的灵感，只是连他也说不清楚这究竟是来源于悠闲的植物园还是来源于朝夕相处的于宛童。

同样想不明白的还有楼下一街之隔咖啡厅里的于宛童。

昨天我穿得这么好看，陆其琛都没帮我拍照！也不知道他现在在干啥，有没有吃午饭，这几天明显感觉到陆其琛穿衣风格变好看了呢？难道是他涨工资了？话说我家应该要被打扫干净了吧，但我怎么有点不想搬回去呢……

咖啡厅里有些冷清，温柔的音乐萦绕在身旁，入目便是那栋洒满金光的写字楼，仿佛可以看见那宽大的落地玻璃里对方的身影。于宛童撑着头神游天外，连小米叫了她几声都没反应。

“童童！童童！”小米看不下去了，拉了拉她的衣袖，努努嘴悄声道，“快点，有人来点餐了！”

于宛童这才如梦初醒，手忙脚乱地在收银机上按来按去：“您好，请问需要什么？”

“随便。”

面前站着一妙龄女子，凹凸有致的身材充满了妩媚气息，太阳镜和宽大的遮阳帽遮住了她半张脸，只露出光洁的下巴和妖艳的红唇，似乎刚从哪个度假胜地回来。

“尹穗？”于宛童惊喜地问，“你怎么来了！”

“我来看看你。”

顺便看看你和你那小室友进行到哪一步了。

不过这句话尹穗倒也没说出口，她环顾了一遍四周，有些好奇地问：“你就在这儿上班啊？一个月能挣多少钱啊？”

“两三千块吧，你先坐着，我请你！”于宛童怕尹穗喋喋不休再惹恼了店长，连忙朝小米递了个眼神，示意让对方来交接一下工作。

好在今日店里没多少人，于宛童才能得空小小偷懒一会儿。

尹穗也不客气，既然是于宛童买单，她也不在乎于宛童工资够不够补贴，什么甜点、咖啡、冰激凌都点了一份。

看着桌上堆满的甜品像座小山丘，于宛童一边捂紧了钱袋默默哭泣，一边警惕地打量着尹穗。

以她对尹穗的了解来看，对方会突然出现在她的小咖啡店，一定是有所目的。

果不其然，尹穗在吃了两杯冰激凌和一块慕斯蛋糕后，终于忍不住了。

“你现在，还住在隔壁呢？”

于宛童老老实实地点了点头："是啊，但是这周估计我家就整理得差不多了，可以搬回去了。"

"你们……就没有什么进展吗？"尹穗旁敲侧击地问，"比如，关系有没有变好一点呀？"

"挺好的啊，他下班接我回去，然后我做饭。"于宛童毫不在意地看了一眼墙上的时钟，"估计他要下班了吧。"

于阿姨！邵叔叔！你们听听！这于宛童这么快就走出失恋阴影了，你们还让我来打听，这不是折磨单身狗吗！

"已经进展到互相做饭了啊？"尹穗撞了撞她，坏笑道，"行吧，为了庆祝你结束单身生活，等你下班后我们去喝一杯？"

"瞎说什么呢，什么结束单身……"于宛童连忙捂住尹穗的嘴，生怕被周围的人听见，见大家都没反应后，才小声道，"还没在一起呢，你别乱说，污蔑人家小陆清白。"

"小陆？啧啧……"尹穗翻了个白眼，狠狠地用银勺挖了一勺冰激凌，"叫得还挺亲切啊。"

于宛童的脸又红了。

尹穗一瞧，连忙一拍大腿。

看来这事儿有端倪啊！

她又连忙凑过去，仔仔细细地打量了一遍于宛童，直到对方躲闪着不敢对上她的眼睛，她才笃定道：“你喜欢他！”

“也不算喜欢吧……”于宛童紧要关头还死鸭子嘴硬，替自己辩解道，“我就是觉得他不像看起来那么消极懒散，其实是一个挺有想法的设计师。”

见到于宛童这般，尹穗又有点不放心了。

不过话又说回来，之前还是她奉了邵叔叔的旨意，费尽心思撮合于宛童和陆其琛，目的就是为了让于宛童尽快从失恋的阴影中走出来，可为啥这两人有了进展的时候，自己还越发担惊受怕起来了？

“反正我就是提醒你一下，千万得擦亮眼别再遇见第二个赵铭源了。”尹穗瘪瘪嘴，佯装满不在意，“你知道现在有多少凤凰男吗？就是看上了女朋友的家产，凭借三寸不烂之舌就想从那小山村飞出来当凤凰呢，等他攀上你这棵大树后，什么七姑八婆全都丢一堆烂摊子给你。”

“小陆不是这样的人……”于宛童舔了舔嘴角，又小心翼翼地补充道，“吧？”

“你咋知道他是哪种人，”尹穗不赞同地打断了她的话，“之前赵铭源和你在一起的时候，不也是装得人模狗样的嘛。”

这下轮到于宛童哑口无言了。

以她这几天住在陆其琛家里来看，对方似乎也不是那种抠门又自负的人，不过确实没怎么听他提起过自己的家人，就连她住了这么多天，似乎都没听见他给他爸妈打过电话。

尹穗用看过这么多电视剧的经验来说，一般有这种局面的，无非是两种情况，第一——陆其琛父母双亡，但这应该是不可能的。于宛童之前还听见陆其琛的老板给他们父母发福利奖品。

那就是第二种情况喽？

陆其琛不想让别人知道他爸妈的事儿。

但这又是为什么呢？

要是搁在往常，于宛童才懒得管这么多，但如今不一样。虽然嘴上说着对陆其琛一点也不在意，可心里还是有些痒痒的，想多了解他一点，多接近他，多去看看不一样的陆其琛是什么样。

眼看着于宛童沉默了，尹穗才猜到了个七七八八，便好言好语宽慰道："我也不是说陆其琛就是像赵铭源那样的人，我只是说，你如果想和他谈恋爱，就不能像之前对赵铭源那样不闻不问，好歹也得知道对方家境底细吧？"

"可他又不告诉我，我怎么知道。"于宛童没好气地撑着头叹了口气。

她总不能拿把刀子架在对方脖颈上，把陆其琛户口本都打听得清清楚楚吧？

“他不告诉你，你就自己去打听啊。”尹穗凑到她身边给她支着儿，“他既然除了工作就是宅在家里，那你不如去他公司，成为他的同事，这不就好打听了嘛。”

于宛童一听，还有些愣：“但是我不会设计啊……”

“你怎么那么不开窍呢！”尹穗恨铁不成钢地戳了戳她的脑门，“偌大一个公司，难道还没有你于宛童的一席之地？他的工作室叫啥，你跟我说，我安排你走后门进去。既然你不能靠你爸，也不能靠你哥，只有我勉为其难地当你的靠山了。”

等把于宛童的事儿给安排完后，尹穗才如释重负地走出咖啡店。

“那我就先回去了，你等我电话吧。”

替好友解决了一桩心事，尹穗不由自主地连脚步也变得轻快起来，然而好景不长，没走几步，肠胃便传来一阵钻心的疼痛，仿佛肠胃里伴随着惊涛骇浪的洗礼，疼得她差点当场升天。

“完了完了……”

都是拜于宛童那不要钱的甜品所赐，开着空调的房间里还吃这么多的冷饮冰激凌，就算是钢铁铜胃也受不了吧！尹穗颤颤巍巍地摸出手机，给她爸的司机打了个电话，让他来接自己。然而那疼痛实在是太过激烈，她不得不扶着长椅才能保证自己不会因为腿软跌倒在地。

周围来来往往的行人，无一不是神色匆忙，即便注意到了直冒虚汗的尹穗，也只是朝她投去关切的目光，便很快消失在拥挤的街头。

直到有一双黑色的皮鞋停在她的面前。

一道清冷的声音传来——

“需要帮助吗？”

于宛童在咖啡店里独自坐了良久，直到夕阳西下，余晖洒满整面墙壁，顾客走得快七七八八，她才咬了咬嘴唇，试探着拨通了陆其琛的电话。

当意识到自己的心意后，再一次与陆其琛对话就有了不一样的感觉。

“喂——”于宛童小心翼翼地问，“那个，你今天还回来吃饭吗？”

陆其琛愣了愣，心底同样也滋生出一种说不清的情愫，他沉默半晌：“今天不回来了，朋友聚会，估计晚点儿才回来。”

“好，那我回家做饭去了。”于宛童说到一半，又像想起什么似的，“对了，我家已经整理得差不多了，明天我就搬回去。”

“嗯……好……”

等挂了电话，陆其琛坐在空无一人的写字楼里，无力地揉了揉头发，很是无奈地长叹了一口气。

这种感觉还真是够难受的。

他又不想随随便便地就挥霍了对方的感情，之前于宛童遭遇的一切他也是真真切切地看见过，要是于宛童发现自己骗了她又该怎么办。

她会不会崩溃？

那还是……就直接坦白好了。

陆其琛手移到于宛童的联系人头像，想了想，又放下了。

他要怎么说呢？

——于宛童，我想跟你坦白一件事，其实我家挺有钱的，能把你那条商业街都买下来的那种有钱。

还是换一种说法吧。

——于宛童，跟你说个秘密，我买彩票中了奖，几千万！

好像也不太妥。

陆其琛揪着头发哀号，他本来就不喜欢想这么麻烦复杂的事儿，这不是难为他吗！想到后面只有破罐子破摔，把这道难题扔给周鹤。

周鹤是他从高中开始就认识的好友，算来也有十多年的交情了，也是知道他大小各种事的人。陆其琛平常不喜欢外出参加聚会活动，自然交际圈也有局限，好在周鹤这人虽然有些时候待人冷淡了些，但总的来说没有其他的毛病。

“喂，周鹤，今天不是说了一起吃饭吗，你下班没？”陆其琛跷着二郎腿，懒洋洋地拨通了周鹤的电话，然而对方四周传来的嘈杂声音不禁让他皱了皱眉，“你在哪儿？”

“我这儿有个病人——”周鹤的声音听起来有些上气不接下气，“估计是阑尾炎，离我们医院不远，我把她送过去了，你先去点菜吧，我等会儿就到。”

“没看出来你还这么热心肠，还喜欢管闲事……”陆其琛适时住了嘴，想到几周前某人也是这般热心，给自己找了个大麻烦。

周鹤的声音断断续续地从电话里传来，陆其琛也知道对方此时一定分身乏术，便识趣地挂了电话，没有多打扰。

从宽大的落地窗望去，这座城市已经夕阳西下，夜幕四合，华灯渐次亮起，每户人家都回归于自己的故事中。

陆其琛站在窗边，只觉有种孤单的失落感沿着这无边的夜色席卷了他的四肢百骸。

心缺了一块窟窿，冷风肆意蔓延进来。

谁会是替他缝补疤痕的人呢。

等到周鹤姗姗来迟，陆其琛已经睡了一觉了。

包间里静谧的空气，桌上东倒西歪的啤酒罐，还有那个靠在椅子上闭着眼打盹的青年，怎么都透着一种颓废的气息。

“不好意思，来晚了。”周鹤把黑色风衣外套搭在椅子上，见陆其琛还没有睁眼的迹象，便挑了挑眉问，“你怎么一个人就喝酒了，不是让我陪你喝吗？”

“来了啊——”陆其琛一只手搭在额头上，懒洋洋地开口，“我是左等右等都等不到你，干脆自己先喝了几罐。”

“你又有什么烦心事？”周鹤随手招来门外站着的服务员，示意他们可以上菜了。

每次只要陆其琛主动约自己出来吃饭，不是关于老板就是关于老爸，能让懒得出门的陆其琛大倒苦水，可想而知他在心里憋了多久，还不如快点吃饭先填饱了肚子再说。

“我不急，先吃了饭再说。”陆其琛还没组织好语言，悬念总是留在故事最后的。

“你今天怎么回事？还做了好人好事了？”

“没，下班看见有一女的蹲在那椅子旁边，看起来还挺难受的，我就看了一眼，觉得情况不对，就先把她给送我们医院了。”周鹤嗤笑一声，冷冷开口，“结果那女的还挺麻烦，我送她去医院的时候还把我误当成色狼了。”

陆其琛朝周鹤投去钦佩的目光，看不出来平日那么孤傲清高的一个人，背地里还有两副面孔呢。

酒过三巡，两人都依稀有些醉意。

周鹤摇了摇被映照成琥珀色的酒杯，朝陆其琛抬了抬下巴：“行了吧，你快说，我明天还有早班。”

“我喜欢上了一个女生。”陆其琛“啧”了一声，抓了抓乱糟糟的短发，想装作轻描淡写但还是被周鹤抓住了重点。

“什么样的，做什么的？”

陆其琛摸了摸鼻尖，有些不好意思地说：“好像是咖啡店里……打工的。”

有那么一瞬间的安静，对面才传来周鹤不自在的声音：“你……要不，再考虑一下？”

家里没了陆其琛，于宛童回到家后还有点不习惯。

把昨天的剩饭热了热就可以凑合吃了，陆其琛没回来她也没必要再多做几道新鲜菜。

检查冰箱的时候，于宛童才发现不知不觉间，冰箱里竟然堆满了自己喜欢的零食，俨然快要成为她的小仓库了。

但这其实是陆其琛的家，她不过是来寄住的罢了。

潜移默化的习惯还真是可怕。

于宛童心里如是想着，拿了一盒酸奶，自己都还没反应过来，又给陆其琛拿了一盒。

等意识到自己的行为后，于宛童才认命地摸出手机，给尹穗发消息。

“行吧，把我弄去他们公司吧。”

然而陆其琛回到家，已经是半夜三点多了，他小心翼翼地打开房门，家里一片漆黑。

桌上还放着于宛童给他留的酸奶，借着窗外路灯的灯光，依稀能够看清上面写着的几个字。

“给我留的？”陆其琛有些失笑，朝着于宛童的卧室望去，然而只能听见对方绵长又均匀的呼吸声。

明明几个月前，两人都还是互相没有交集的陌生人。

周鹤的回答还犹在耳旁，令他的酒意清醒不少。

——“你觉得你们这个身份，相配吗？”

他趿拉着拖鞋，慢吞吞地往自己的卧室走去。

就在一墙之隔的隔壁，于宛童把头埋在被子里，听见陆其琛回到家后传来的窸窣声，才满意地闭上眼睛沉浸于梦境之中。

两人各怀鬼胎，以至于根本不敢正面对上对方。陆其琛第二天一大早起床后，发现房间里已经没有了于宛童的身影。

他揉了揉眼睛走到卫生间洗漱，这才发现于宛童的生活用品全都不翼而飞。

顿时，陆其琛瞌睡醒了一大半，他连忙跑到于宛童的房间外，猛地推开房门。

只见原本堆在房间里的两个行李箱全都消失了踪迹，就连床单被套也被于宛童换成了新的。

有一种无法言喻的感觉在他的心里弥漫开来。

果然，天下没有不散的宴席。

于宛童还是会离开他的，这有什么呢，他们两人最多算邻居罢了吧。

陆其琛这一天上班精神有些恍惚，连卿山叫了好几次他的名字他都没听见，最后还是女助理看不下去了，轻轻撞了撞他胳膊，悄声道：

“老大叫你呢。”

卿山还是很能理解陆其琛经常不在状态的样子的，毕竟他就没睡醒的时候。

但是谁也不知道他真正的原因来自何处。

“小陆，你来了。”卿山正在埋头看着图纸，半晌都没听到声音，一抬头才看见，原来这人在打瞌睡呢，不由得挑了挑眉，“你今天出门没洗脸啊？”

前几日他还在心里夸着陆其琛知道收拾自己了，穿着打扮也干干净净又整洁，就连常年乱糟糟的头发也梳得顺顺溜溜，有几次还把那黑框眼镜换成了隐形眼镜，他愣是没认出来，还以为是哪个明星小鲜肉来他们公司参加活动了。

“忘了。”陆其琛又回到了那副常年没睡醒的模样，懒洋洋地靠着墙，“老大，你叫我来是什么事儿啊？”

“也没别的大事，就是工作室来了一个新人。我看小刘差个助理，她脾气又古怪，新人和她不好磨合，我准备先把你的助理分给她，这个新来的助理你多带带。”

“行。”陆其琛也没拒绝，但也没对这个新同事多热情，“我丑话说前头，我这个人懒得很，这新人要是什么都不会，干脆哪儿来的回哪儿去。”

卿山头上浸出了密密的汗珠。

说这小姑娘吧，看起来挺机灵的，但他看过对方简历，她那专业跟咱的设计那是八竿子挨不着一块儿，是个实实在在的门外汉。当初她想进公司，自己还有点不情愿，但那又有什么办法呢，把她送进来的那人是他的老师。

就算这小丫头什么都插不上手，但看在老师的份上，他还是得给她找个清闲的活儿先做着。

“老大，这小姑娘该不会是你……”陆其琛挑起眉不怀好意地打量了卿山一眼，对方不得不躲闪着不敢对上他的目光。

陆其琛心下明了，原来是走后门进来的。

看不出来老大这么温文尔雅的一个人，背地里还喜欢这一套。

开完会，卿山清了清嗓子，略有些不自在地说：“对了，今天我们来了一个新的工作伙伴，以后她就是陆其琛的助理，大家欢迎——”

众人或好奇或惊讶地朝门外望去，陆其琛撑着头耷拉着眼皮瞥了一眼。

只见一双黑色帆布鞋踏进了会议室，来人挎着斜挎包，穿着一件男友风的牛仔外套，看上去青涩未脱，又稚气可爱。

于宛童心里犯起嘀咕。

尹穗跟她说的现在刚进入公司的新人都是这样打扮的，穿 Zara 和 H&M 的快时尚服装就成，没必要穿得太正式，反而暴露了自己的身份。

不过，她是不是穿得太学生气了……

感觉公司里面大家都穿职业装，她像个送外卖的一样！

陆其琛本来没太关注，直到看见那张熟悉的脸，不由得坐直了身子，结结巴巴地开口："于……于宛童？"

于宛童笑着朝他暗中眨了眨眼睛，算是打了招呼。

陆其琛心里突然生出一种欣喜来，就连每日枯燥的工作也变得有了盼头。

"怎么，小陆你们认识？"卿山有些意外地问，"童童，你们认识？"

啧，童童，叫得还挺亲密。

陆其琛在心里白了老大一眼，朝于宛童努努嘴，让她坐自己身边的座位，用自己的身躯挡住卿山的视线。

于宛童一边朝其他的同事微笑致意，一边跑到陆其琛的身边，等到坐下后才笑着对卿山解释："我和他是邻居。"

也是曾经的室友。

陆其琛在心里补充了一句，但碍于其他同事还在场，为了于宛童以后不遭受闲言碎语，还是闭了嘴。

“那就好啊！小陆你这段时间就多带她熟悉一下咱们工作室的环境。”

等到周围的人都走得差不多了，卿山才暗中朝陆其琛眨了眨眼睛，凑到他身边模棱两可地小声说道：“她要是有什么工作上的失误，你就别当着大家伙儿的面批评她，私下跟我说就行了。”

陆其琛转头看了于宛童一眼，对方正专心致志地欣赏着墙壁上的画作，他便朝卿山挑了挑眉，语气里有些讥诮味：“不过我刚刚就想问了，你是在哪儿招的她？”

“哎，这个不重要。”卿山摆摆手，又像想起什么似的，叫住了正在观赏画作的于宛童，“对了，童童，待会儿下班的时候你等我一下，我接你去吃饭。”

晚上他老师还说让他带于宛童一块儿过去吃个晚饭，就当是谢谢他肯帮这个忙。

于宛童还没来得及说话，右手就被人猛地一拽。

“她晚上还有事儿，就不和您一起吃饭了。”

陆其琛扔下这句话，拉过还在状态外的于宛童头也不回地往会议室外走去。

对方手心灼热的温度毫无保留地覆盖在她裸露的皮肤上，真真切切的肌肤之亲让于宛童双颊绯红，就连脚步也有些踉跄。

好在陆其琛并未发现她的狼狈，直到两人走到拐角处，陆其琛才别扭地松开了她的手，揉了揉乱糟糟的短发，没好气地解释：“你别看卿山看上去像个和和气气的老大哥，其实他这人私底下抠门得要死，每次工资都不按时发。”

隔壁屋的卿山一边整理着开会材料，一边忍不住地打了两个打喷嚏。

于宛童傻愣愣地望着陆其琛，一时没明白他是什么意思。

“所以说，有些人不要光看表面。”陆其琛沉默半天，从嗓子眼里蹦出这几个字。

他觉得这姑娘是真的有些涉世未深，估计刚从大学毕了业，看谁都以为对方跟校园里的同学一样，善意着呢。

然而这句话听在于宛童耳里，又好像有了另一层意思。

陆其琛这话说得……

难不成他看出来我的身份了？不应当啊，我觉得我平时也没露出什么马脚来啊！

两人一时都沉默下来，最后还是陆其琛率先打破了沉静："那算了，随便你吧。"

他也说不清自己这股子烦躁的心情究竟来源于何处。卿山是他一直颇为尊重的师父和老大，但于宛童……

算了，他本来就是怕麻烦的人。

不管这烂摊子事自己还轻松呢。

望着陆其琛怒气冲冲的背影，于宛童还呆怔在原地久久不能回过神来。

夜已深，陆其琛还在案桌前奋笔疾书，写的却不是策划案而是自己的日记：

八月，懒得想今天几号，于宛童进了我们公司，看老大那个眼神，可能对她有点意思。

我都给她提醒几次了，这人压根没觉得有什么不对，我真的服了！卿山根本没有表面上看起来这么好心，这丫头怎么听不懂我的潜台词呢？

而回到自己家的于宛童，站在空无一人没有陆其琛的房间里，慢吞吞地摸出自己的日记，而上面只有一句话：

我觉得，陆其琛好像发现我骗他了……

Chapter 05

于宛童想要的东西，他就帮她实现好了

于宛童在茶水间打了足足有二十分钟的电话，她都快要说得口干舌燥了，尹穗却丝毫没有停止的迹象。

“于宛童，我跟你说的话你到底听进去没有啊？”尹穗没好气地说，“首先，你要是不想遇见赵铭源那种人，咱们就得提前止损，懂吗？”

“但我这不是还没发现他的性格特点嘛。”于宛童捂着手机，四处张望了一番，生怕遇见陆其琛突然出现，“我知道了，这几天我会试探一下他的。”

“你试探？”尹穗半信半疑，“你知道从哪儿试探吗？算了，还是我来吧！”

与此同时，一墙之隔的消防通道楼梯口，陆其琛也无可奈何地揉了揉早已乱成鸡窝的短发。

“我试探过了，她什么都不知道。”

“你怎么试探的？”电话那头的周鹤很是镇定地喝了一口茶，缓缓问道。

“就那天她洗衣服我看见她的衣服好像就是很普通的牌子，化妆品也没太多，只放了几瓶在桌上。”

“嗯……”周鹤若有所思地点了点头，“看来是工薪阶级家庭，你跟她说了你家的事儿吗？”

“没。”陆其琛坚定地说，“我一个字都没提。”

“好，”周鹤又呷了一口茶，“那我到时候帮你看看。”

尹穗和周鹤说的话，于宛童和陆其琛压根都没往心里去，自然也就没有当一回事。

公司每周三是例行开大会的时候，也是各项任务上报流程最烦琐的时候，几乎全公司的所有人都处于紧急待命状态，随时会为了一份文件在两个楼层之间奔波。

于宛童自然也不例外。

她虽然是“编制外人员”，但作为公司的一分子，还是得装模作样地工作一下，替陆其琛分担分担工作压力。

“今天就辛苦大家了！晚上大家加个班，咱们这个月业绩不错，又外接了几个大项目，”卿山推了推眼镜，使唤着助理给大家发奶茶，“我想月底再组建一支团队，专门负责西南片区，设计是一方面，能力又是另一方面。”

闻言，众人都朝卿山投去或好奇或惊讶的目光，心中也止不住地暗自盘算起来。

无疑，能加入卿山的团队是他们梦寐以求的，但他们也总不能一直跟在师父身后吃剩骨头吧。现在工作室正是上升期，冲着卿山的名号来找他们公司装修的人更是数不胜数，能把西南片区握在手中相当于是握住了“L-HOUSE”的大笔命脉，也更能在自己的履历上画上浓墨重彩的一笔。

于宛童一听这话，也忍不住朝陆其琛投去询问的眼神。

她肯定是不可能加入这个团队的，但陆其琛不一样啊！他是卿山最得意的弟子，说不定这次就能入了对方眼，独自开辟一条道路。

然而，和于宛童满怀信心的状态相比，陆其琛却像是没睡醒一般，在众人的注视下，兀自在电脑上敲敲打打，冷不丁地猛吸了一大口奶茶，弄得双腮鼓鼓的，像只仓鼠，这才伸了个懒腰舒服地长叹一口气。

等发现大家伙儿都在看他时，他才懒洋洋地开口：“你们看我干吗，我没兴趣。”

于宛童无力地拍了拍头。

行吧，把希望寄托在陆其琛身上，简直比她哥找了女朋友还难以实现。

傍晚时分，一道身材苗条婀娜的身影出现在了锦绣花园的小区门口。

为了试探陆其琛是不是见钱眼开的男人，尹穗专门好好打扮了一番，放弃了浓艳的口红和眼影，而是走的温婉知性路线，一看就是家世颇好的公司高管。

尹穗觉得自己去参加晚宴都没这么隆重过，她甚至觉得自己像一瓶行走的香水。

“A 区……一栋……十三楼……”尹穗对照着手机上曾经于宛童发给她的地址信息，一步步踩着十厘米的高跟鞋艰难地行走着。

她还记得上次为了撮合陆其琛和于宛童，还专门找人把于宛童家里的水管给弄爆了，害得于宛童在隔壁住了一个多月，没想到短短一个月后，还得她来收拾这烂摊子。

自作孽，不可活啊！

因为锦绣花园一层楼只有两家住户的原因，所以住户并不算多，电梯里也不算拥挤。

等尹穗进了电梯取下墨镜后，她才发现身边还站了一个男的。

男人戴着金边眼镜，穿着一身清爽利落的白衬衫，衣领的纽扣扣得严严实实，唯有袖口挽到了胳膊肘，露出白皙消瘦的手臂。

等到男人按下电梯键“13”的按钮后，尹穗微微皱起了眉头，又很快舒展开来，缓缓勾起了嘴角。

尹穗在打量周鹤的同时，周鹤也在暗自打量她。

十三楼只有两家用户，除了陆其琛，那剩下的就是那什么童了。他只听陆其琛说过，对面的那个女生是个工薪阶层的家庭背景，但他一直没见过真人。

如果说这个女人就是那个什么童的话，那可真是让他大开眼界了。

陆其琛不了解女人，不知道也是正常。但他在医院见过形形色色这么多姑娘，还是一眼就能看出对方到底是什么样的消费水平。

别看这姑娘穿的只是简单的套装，但这材质和面料以及对方身上的气质，怎么说怎么都不像陆其琛形容的那种单纯不知世事的人。

周鹤摸了摸下巴，暗自思索起来。

不过，这姑娘怎么看起来这么眼熟呢？

“叮——”

等到电梯稳稳停住，尹穗和周鹤才一前一后地走出电梯，两人的目的很明显，去各自朋友家。

周鹤看着前面的身影，手握成拳在嘴边咳嗽了一声，故作轻松地问：“下班了？”

尹穗的脚步一顿，转而回头歪了歪头：“你叫我？”

“是啊。”周鹤笑了笑又道，“你既然不是朝我这边房门走来，那肯定就是对面那家住户，你应该听他说过吧，我是他的朋友。”

“她的朋友？”

尹穗没听明白周鹤话里的“他”指的是谁，她以为对方说的是于宛童，谁知对方说的是陆其琛。

于宛童是跟尹穗说过她现在和她那邻居还没走到爱情那一步，那既然不是爱情，那就是友情喽。

所以，这个人果然是陆其琛啊！

尹穗看向周鹤的眼神又有些不对劲了。

就冲这人莫名其妙地就对一个女人轻易搭讪的态度来说，那就肯定不是于宛童嘴里的那个什么懒散闲人。

伪装谁不会呢！

她今天还就要把这人的面具撕下来给于宛童看个清楚！

“噢，是这样啊，那这么说来，我们也算是朋友了吧。”尹穗朝周鹤微微一笑，故作无意地将耳边的碎发别在脑后，露出耳垂上的祖母绿钻石耳环和手腕上的劳力士“绿金迪”。

果不其然，周鹤的目光被尹穗手腕上的表盘给吸引了。

这款经典款的手表怎么说也得要六位数起价，这小丫头哪儿来的钱。

唯一有说服力的就是这表是个A货。

不过刚从大学毕业进入社会，就知道要戴劳力士来撑面子，想来也是个厉害角色。

“我经常听他提起过你，”周鹤微微一笑，“说你很阳光，很纯善。”

“是吗？”尹穗虽然心里犯起嘀咕，于宛童怎么胡说八道啊，她哪里是阳光纯善之辈了，这说的是于宛童自己吧？

“你才下班，还没吃饭吧？”尹穗伸手看了眼手腕上的表盘，朝周鹤抿唇一笑，“既然大家都是朋友，那你不如来我们这儿吃。”

尹穗是有于宛童家里钥匙的，原因自然是于宛童经常丢三落四，害怕有朝一日把自己反锁在门外，还得靠尹穗来救场。

所以当尹穗轻车熟路地打开于宛童的家门时，身后的周鹤深以为然地点了点头。

——才见第一面就把对方的朋友引到自己家里来，这个女人不简单啊。

但是，为了让陆其琛知道不听自己的建议会造成多么严重的后果，周鹤还是决定以身试险，好好看这邻居卖的什么药。

丝毫没有意识到好友正在自己家里捣鼓名堂的于宛童，此时此刻还坐在办公室里和陆其琛喝奶茶聊天。

她本来就是走后门进的工作室，卿山看在自己老师的面子上也就没有给她安排过多的任务，加上平时陆其琛有些时候又喜欢亲力亲为，她根本就是英雄无用武之地，只能买买奶茶买买外卖帮同事们跑腿取快递。

“你不用再修改提案了吗？”于宛童捧着珍珠奶茶坐在陆其琛身边，对方已经戴上了熊猫眼罩准备小憩一会儿。

“昨天的提案你不是已经改完了吗？”陆其琛懒洋洋地打了个哈欠，“我相信你。”

于宛童耸了耸肩，有些自嘲地笑着说：“说相信我做事能力的，你还是第一个。”

别说之前在家里，邵渊在爸妈面前说了她多少坏话，就连和赵铭源在一起，对方也是把她当作可有可无的存在，除了要钱的时候把她夸上天，其他时候就没不消遣她的。

一听这话，陆其琛准备眯着眼的动作停了，他拉了拉眼罩，露出一只眼睛望向于宛童。

“你就这么不相信你自己？”

“我当然相信，只是听多了别人说的话难免会变得不自信。”于宛童无奈地长叹一口气，刚刚喝的珍珠奶茶太甜了，齁得她晕乎乎的。

“你们这种女生啊，为啥就喜欢那种喜欢贬低你们来抬高自己的男人呢？”陆其琛终于把一直以来想问的话给说了出来，“其实你们每个人都有自己的特长和优点，完全没必要为了迎合他人改变自己啊。”

“我没有迎合……”于宛童头一遭见到这么认真的陆其琛，条件反射地小声辩驳道。

“还说没有迎合。”陆其琛倒不会顾及于宛童的小面子，典型直男风格。他干脆把眼罩一把拉下来，坐正了身子和于宛童交谈起来，“上次你前男友追到你家里来要钱的时候，就说明平时你对他太宽容了，你们两人之间的天平已经不再平等了。”

陆其琛不是为了说教，完全是想把于宛童给拉出苦海。

从他这段时间对于宛童的观察了解看来，其实她是个很好的姑娘，他也不知道为什么这么好的姑娘在恋爱里反而是弱势的一方。

“那我有什么办法嘛，他就是吃透了我的性格。”于宛童瘪瘪嘴，“反正下次我肯定不会再找这样的男人当男朋友了。”

“不找你前男友那种类型的男人只是解决问题的一种办法，还有一种办法是要从你自身找原因。”

陆其琛觉得自己一定是这几天繁忙的工作结束了，看谁都是和煦的春风，从来嫌麻烦的他居然破天荒地要给于宛童当人生导师了。

工作害人不浅啊！

“你太懂事，太宽容，太自觉，就会让你的另一半步步逼近，他们恃宠而骄之后就会像寄生虫一样将你的人生啃噬得干干净净。”

“……”

尹穗靠在墙上，佯装无意地把身上的外套脱下扔在沙发上，冲周鹤莞尔一笑。

“那你可以坐在那儿等等我，你想吃什么，意面还是……”

脱下外套的她，露出凹凸有致的身材。这也是尹穗更引以为豪的地方，比于宛童的“三A景区”好出几倍。

正是炎热的夏日，空气中也充满了躁动的气息。

尹穗对自己的身材很有自信，没有男人能阻挡一位美女亲自为他下厨，即便还没做出美味佳肴，但光是这一幕就已经赏心悦目了。

她哪会做菜呢，纯粹只是做个样子罢了。

不过醉翁之意不在酒，只要能让这个“陆其琛”脱下伪善的面具，能让于宛童知道自己喜欢的人是什么德行那就成了。

“我都可以，”周鹤不知从哪里摸出一瓶红酒递给尹穗，“顺便把这瓶酒开了吧。”

尹穗朝他投去疑惑的眼神，但见到对方颇有深意的目光时，暗自明了。

她问：“不用等她回来吗？”

周鹤轻轻挑了挑眉，眉眼中似有千般风情。

“不用。”

等到于宛童和陆其琛双双迈着沉重的步伐从电梯间出来时，只想一头扑进被子里好好地睡一觉。

于宛童发誓，她上一次这么刻苦用功还是在六年前，要不是旁边站了陆其琛，她差点就以为自己梦回高中了。

“今天辛苦了。”

陆其琛提着公文包走在前面，转头朝她微微一笑："之前还没遇见过这么累的情况吧。"

"还好，你们才辛苦，我只是跑跑腿而已。"于宛童感叹，"像你们天天都要画图修改方案，还要设计不同的户型，简直是绞尽脑汁。"

陆其琛笑了笑没说话，然而走在后方的于宛童却突然愣在原地，低声惊呼："我家房门怎么是打开的……"

闻言，一旁的陆其琛皱着眉走了过来，将于宛童挡在身后，轻轻推开了房门。

他没说话，一双眼睛却直直地盯着房间里的一举一动，万一有个什么动静，他绝对会一把将于宛童推开自己迎面而上。

缩在他身后的于宛童只觉一张脸烧乎乎的，头也晕晕的。

随着陆其琛把门缓缓推开，首先映入眼帘的是幽暗的客厅，窗帘被拉了个严严实实，唯有餐桌上还点着一盏烛台，温暖的烛光摇曳生情，餐盘凌乱地摆在桌上。

"我走之前没点这个啊……"于宛童皱眉小声说道。

陆其琛直接拉着于宛童大步迈进了房间。

房间里还飘着香薰，是赵铭源之前给于宛童买的，自从分手后，于宛童嫌看见这些心里堵得慌，全都给收进杂物间了，也不知道谁给翻出来的。

“怎么还有酒味？”陆其琛闭着眼嗅了嗅。

听陆其琛这般说话，于宛童也使劲抽了抽鼻子。

果然，好像还是红酒味。

“这小偷不会还在我家吃了顿饭吧？”于宛童舔了舔干涩的嘴唇，随手从餐桌上拿了一把水果刀，慢吞吞地跟在陆其琛的身后往卧室走去。

于宛童住的是两室一厅的房子。

除开其中一室被她当作杂物间，还剩一间是她的卧室。

一想到自己卧室里那几个限量版的包和她四处搜罗的名表可能不翼而飞，于宛童突然就“酒香”壮㞞人胆，一把推开陆其琛首先冲了进去。

幽暗的房间里点着一盏台灯，轻柔又舒缓的音乐从梳妆台上的小音箱中流淌出温柔的音符，落地窗外的丝绒窗帘上映下两具相拥的影子。

正是月色依稀，春光正好。

于宛童瞪大了眼，特别是在看清房间里的两人后，更是讶异得瞪大了眼。

“尹穗……”

陆其琛本来是条件反射地准备捂着脸避一避，没想到余光瞥见了另一道熟悉的身影，惊得差点没撞到墙。

“周……周鹤？”

于宛童和陆其琛四目相对：“……”

周鹤和尹穗同样一脸蒙：“？”

十五分钟后，四个人围着餐桌坐好，相顾无言。

尹穗低着头拢了拢头发，遮掩住绯红的脸颊，对面的周鹤撑着头瞥向窗外，不敢对上陆其琛的目光。

最后还是陆其琛看不下去，颇有些好笑地开了口：“不是，你们是怎么认识的啊？”

“咳咳——”周鹤把手握成拳掩在嘴边咳嗽了一声，“这你就别管了……”

“尹穗啊，你们之前认识吗？你们在谈恋爱啊？”于宛童凑到尹穗身边，眼巴巴地问。

“没……没……”尹穗眼神躲闪不敢对上于宛童的目光，只能敷衍道，“认识是认识，你别问了。”

两人顺水推舟的回答听在于宛童和陆其琛的耳朵里，竟然又成了

“缘分”的代名词。

他俩是真没想到自己的好友居然和对方的好友在谈恋爱，这么大的事儿怎么自己不知道呢。

“尹穗，你说的是真的吗？你真的认识陆其琛的朋友？”于宛童兴致勃勃地拉着尹穗，催促着对方讲和周鹤的恋爱史，“真有缘啊！我和他是邻居，你和他朋友在谈恋爱！”

有个屁的缘分！

尹穗都想爆粗口了，但是碍于于宛童在场，又不好发作。

她能怎么说呢！这么荒唐的事，她活了二十多年，还是头一遭！

“你们在谈恋爱？”陆其琛指了指周鹤，又指了指尹穗，连他都不得不感叹这个世界小得可怜。

首先，他莫名其妙地发现自己经常去的那家咖啡店的服务员是自己的邻居；其次，公司新来的同事竟然就是他的这位新邻居；最后，他好友恋爱的对象还是他这个邻居的闺蜜？

陆其琛之前是不相信世界上真的有缘分这件事的，但是现在他不仅知道了，还深信不疑。

难道说，于宛童是老天爷给他安排的另一半？

否则，怎么解释这一连串的事件？

生活不是电视剧，不可能有剧本，况且周鹤的为人他再清楚不过，要是于宛童想买通周鹤，那也是不可能的事儿！

“都说了别问了！”

“叫你别问了！”

尹穗和周鹤两人几乎是异口同声地爆发了，把于宛童和陆其琛吓得一愣一愣的。

最后，还是于宛童弱弱地开了口：“那……那你们为啥要在我家谈恋爱啊？”

这家里最后的一切还不是得她来打扫！这两人脑回路是不是太清奇了一些？

“我本来是要来找你的，”尹穗省略了最重要的环节，胡诌道，“没想到就遇见他了，是吧，那什么……呃，周鹤？”亏她还以为对方是陆其琛，这么明显的圈套她居然没发觉？

“嗯，我是想来找陆其琛你的，结果遇见了尹小姐。”周鹤彬彬有礼地回答。

这一幕看在陆其琛和于宛童眼里，又有种说不出来的不对劲。

这两人不是谈恋爱吗，怎么这么相敬如宾？

不对啊？

这是往常的尹穗（周鹤）吗？

尹穗和周鹤对视一眼，双双恨不得找条地缝钻进去。

本来是为了替好友考验对方的心上人，没想到不仅把自己赔进去了还闹了个大笑话。

尹穗和周鹤心里暗暗做下决定，干脆自己先溜了为好，指不定等会儿于宛童（陆其琛）还要问出什么问题，就让周鹤（尹穗）来替自己回答好了。

“童童——”

“陆其琛——”

两人几乎又是同时叫住了于宛童和陆其琛的名字。

于宛童和陆其琛愣了愣，对视一眼，于宛童无比艳羡地调笑道：“你们还真是有默契。”

尹穗扶着额头，佯装醉意：“我今天有点不舒服，想早点回去。”

话音刚落，周鹤也连忙推了推金边眼镜，冷冷道：“科室有个同事请假了，我也要先走了。”

“你不是才喝了酒吗，可以回医院？”陆其琛困惑地问。

周鹤：“嗯……”

他以前怎么没发现，这陆其琛话这么多？

“你们都喝了酒还能开车？”于宛童同样狐疑地问。

尹穗：“呃……”

童童你就别问了，你是十万个为什么吗？

“这样吧，”陆其琛一锤定音，“我和于宛童开车送你们回去？”

尹穗和周鹤对视一眼，双双都看见了对方眼里写着“计划失败”四个大字，只得叹了口气。

“那就谢谢你们了。”

一路上，尹穗和周鹤都没说一句话，这样的场景看在于宛童和陆其琛眼里，以为这两人又吵架了。

陆其琛把着方向盘，给副驾驶座的于宛童使了个眼色，后者心领神会，转过头去和尹穗聊天。

尹穗和周鹤虽然都坐在后排，然而两人都隔得远远的，仿佛中间有一条银河。

“尹穗呀，我记得你经常肠胃不舒服，有没有去周鹤的医院看看？”

于宛童话音刚落，周鹤终于想起来了。

他就说这女人怎么那么眼熟呢，原来就是之前他助人为乐的那姑娘啊！

不仅周鹤想起来了，尹穗也想起来了——

原来他就是那天的色狼啊……

“去了去了……”尹穗敷衍地说。她今天才正儿八经地好好见过周鹤一面，哪还记得对方是什么职业，要不是于宛童提醒了她，她还以为对方是个和她一样的无业游民。

“周鹤呀，追我们尹穗的人多了去了，你要好好对她哦。”于宛童是打心眼里为周鹤和尹穗开心，能拿下尹穗这种傲娇大小姐，周鹤也肯定是有他独特的魅力，听陆其琛说他好像还是一名医生，这简直就是言情剧男主标配。

“好，我会的。”周鹤点了点头。

一旁的尹穗却在黑暗中红了脸。

尹穗的家住在S城的华云别墅区，住在这个片区的人一般非富即贵。陆其琛他爸之前也在华云二期为他买了一栋当作婚房，被陆其琛拒绝了，那房子就空在这儿落灰。

等尹穗报出自己的家庭住址后，陆其琛和周鹤的神色变了变，但两人都很好地掩饰了下来，无人察觉。

"谢谢了，那我就先回去了哦。"尹穗下车时随口朝于宛童说，"什么时候你让你哥在我们这儿给你买套房吧，咱俩见面多方便呀。"

说者无意，听者有心。

于宛童本来是准备点头，但猛然惊醒，只好打趣地说："你以为每个人都像你们家一样有钱啊，我哪来的钱买这儿的房子啊！"

尹穗喝了酒，头还有点晕晕的，她歪了歪头心想：你说的这是什么话，你要是没钱，那我家不早破产了吗？

在对上于宛童疯狂眨眼暗示后，尹穗酒清醒了一大半，连忙讪笑着挥了挥手，跑开了。

周鹤坐在后座上，一手摸着下巴陷入思索，反观驾驶位上的陆其琛也眯了眯眼。

不过，这两人想法倒是出奇的不一致。

周鹤想的是这个名叫尹穗的丫头家里居然这么有钱，不过又是怎么和于宛童认识的？看她们关系这么要好，尹穗却丝毫没有嫌弃于宛童出身的样子。

然而，陆其琛就不一样。

他看着于宛童望向尹穗远去的背影，眼中那种憧憬的神色在他的心中扎根下来。于宛童和尹穗是好闺蜜，对方能住在华云别墅，为什么她不行？

于宛童想要的东西，他就帮她实现好了。

……

自从那天晚上从于宛童家里离开后，尹穗和周鹤倒是颇有默契地不再联系他们，不管于宛童和陆其琛怎么套话，两人都缄默其口，不对外吐露半个字。

好在生活也渐渐忙了起来，于宛童和陆其琛都没有工夫再去打探这两人的恋爱消息，一心只想过好自己的日子。

不过那天尹穗的行为还是给于宛童提了一个醒，她不知道陆其琛有没有察觉，但她明显感觉到当时在回去的路上，周鹤望向她时若有似无的打量。

周鹤这个人，于宛童曾经听陆其琛提过，说是他智商高、情商高，除了不善言辞，不爱社交，好像也没别的毛病。

被这种人盯上，于宛童只觉得自己的小马脚都藏不住了。在陆其琛面前，她还能糊弄一下，但是在周鹤面前，她总有种面对高中班主任的错觉，每次周鹤镜片反射的冷光都能让她无所遁形。

这样的担忧不仅仅出现在于宛童身上，陆其琛也有些后怕。

既然尹穗在和周鹤谈恋爱，那他们两个有没有谈及他和于宛童的事？

周鹤是个什么样性格的人，陆其琛是再清楚不过，不过也不能完全保证周鹤在和尹穗情深意浓的时候不会说漏嘴。

现在唯一的办法就是尽量不在于宛童面前说漏嘴，毕竟他还没有完全做好面对这些的准备。

几个月后，全球有一场设计展会在S市亮相。

卿山将带领他的团队进行参展，届时会有媒体从头到尾进行全程直播。曾经，卿山就是在这场展会上崭露头角，一举成名。

陆其琛若能在这场展会上获得名次，知名度也会大幅度提升，日后便不再只是一个普通的小设计师那么默默无闻。

“这次居然是在S市，之前都是在德国呢，我还说能趁着展会的时候出国玩一趟呢。”

说话的是老林，工作室里有名的好好先生，爱老婆爱孩子，入这行几十年了，朋友圈里天天发的都是自己老婆和孩子的照片，每到周末就会接送儿子去培训机构，几乎没有个人娱乐时间。

“首展是在S市，估计后面的颁奖仪式会在德国。”老林是今年才来的卿山工作室，虽然早早入行但一直不温不火，一旁的同事便插嘴道。

“那我要去德国买酒！”老林兴致勃勃地提议，“你们有没有推荐的？”

陆其琛正准备说话，一旁正在吃薯片的于宛童随口说道：“德国的白葡萄酒还行，TBA级的贵腐酒也就德国和奥地利的产区才有，不过糖度挺好，不知道你喜不喜欢。”

“而且你要去的话，可以去德国的伊慕看看，只是产量很少。”陆其琛一边在键盘上敲敲打打，一边接过于宛童的话头，“如果觉得TBA级太贵的话，也可以买一般的贵腐酒，价格也便宜。”

于宛童深以为然地点点头：“其实法国的勃艮第也可以，意大利的巴罗洛也可以去看看。”

“而且到时候老林你带你那媳妇和你宝贝儿子也可以顺带去撒丁岛玩玩，小孩都喜欢海岸。”

等到陆其琛和于宛童一言完毕，周围寂静得有些可怕。

半晌，一旁的老林才弱弱开口问：“小于啊，小陆啊，没看出来你们还对红酒有研究啊。”

于宛童和陆其琛同时一愣，还是于宛童反应快。

“啊，我哪有什么研究啊，不过是听我朋友说的而已啊，哈哈！”于宛童笑着打哈哈，生怕被陆其琛看出什么端倪，“那什么，我去送文件了，你们慢慢聊。”

陆其琛也连忙摸摸鼻子，无奈地笑了笑：“我也是从网上看见的，纸上谈兵而已。”他还准备找于宛童问个清楚，没想到对方早跑得没影儿了。

直到下了班，陆其琛都没见到于宛童的身影，只收到了对方发来的短信。

“今天家里有点事儿，我先回家了，就不等你了哦。”

“小陆，等童童呢？”前台小姐妹正在收拾东西准备回去，见陆其琛神色匆匆，不由得好心提醒，“她刚刚走了，上了一辆豪车，劳斯莱斯呢！”

“劳斯莱斯？”陆其琛皱眉。

他静静地把于宛童的短信翻来覆去看了一遍，心中的失落难以言喻，只匆匆地回复了两个字“好的”，便把手机揣回了兜里。

与此同时，于宛童望着车窗外飞驰的景象，瘪瘪嘴。

“爸今天叫我回去干吗？”

“干吗？”邵渊坐在她旁边，闻言嗤笑，“今天是妈的生日，你忘了？”

于宛童一拍头，这几天天天忙着公司的事儿，还真把母亲的生日给忘了。她就说怎么今天邵渊专门派人接她回去呢。

“我可跟你说，等会儿见到爸妈，别再傻愣愣的，妈都几个月没见到你了，他们问什么你就答什么。”邵渊冷哼一声，翻阅着手头文件。

一旁的于宛童百无聊赖，只能连连称是。

果然，等车开进铁闸门，于宛童就一眼看见了站在自家小花园外的母亲。

她笑得眼睛弯弯，车还没停稳就奔了过去：“妈妈——”

“都这么大的人了，怎么还像个小姑娘。”邵渊还不忘挖苦于宛童，认命地拎着于宛童的包和外套走了过去。

进到熟悉的客厅，于宛童二两步跑到沙发旁，一头扎进软绵绵的抱枕里，瓮声瓮气道：“好怀念我的沙发哦——”

家里养了几年的比熊犬 Momo 见到熟悉的女主人，亲昵地扑到她的脚边蹭来蹭去。

“童童回来了？”于宛童她爸拿着报纸从二楼下来。

几个月没见，于宛童觉得她爸妈好像有那么一点苍老了，具体是哪里呢？是头发白了，还是皱纹深了？

“爸！”

于宛童又翻身起来，在包里翻了大半天，翻出一盒千层蛋糕递给母亲："妈妈生日快乐哦，这是我做的。"

"是童童做的呀！"于宛童她妈弯起眼睛，既惊喜又感动，眼中泛着点点泪花。

邵家三辈没出过一个姑娘，好不容易这辈出了一个姑娘，家里自然是宠在心肝上，把于宛童当小公主养。

从小到大，邵氏夫妇就没对于宛童说过一句重话，要是邵渊小时候不小心惹了于宛童，换来的绝对是邵氏夫妇狂风暴雨般的"问候"，好在小时候的邵渊还算听话，也时常维护他的小妹妹。

"妈，于宛童做个蛋糕就把你感动成这样，"邵渊满不在乎道，"她之前还天天做呢，不做这个就没工资。"

"什么？"于宛童她爸三两步跑到于宛童面前，心疼不已，"童童，你去当服务员了？你怎么能干这个呢，多辛苦啊！"

"就是啊！"于宛童她妈只恨恨地瞪着邵渊，"都怪你哥，和你打什么赌啊，要买就买嘛，干吗去受这种罪啊！"

"哎呀，我没事的。"于宛童有些不好意思地从她爸妈手里挣脱出来，"我现在去我朋友的公司上班了，他是个设计师呢。"

邵渊一听这话，脑海里突然又想起之前好像听尹穗说过，于宛童的邻居也是个什么设计师。还有，上次他去找于宛童的时候，她好像就是从邻居家里出来的……

嗯……有点问题……

“爸妈，你们让于宛童先上去换身衣服，”邵渊朝邵氏夫妇使劲儿眨眼睛，“公司有些事，我得给你们说说。”

于宛童识趣地上楼换衣服去了，她也懒得听，毕竟听不懂。

等到于宛童的脚步声渐渐远去，邵渊才沉重地对父母说道：“爸妈，于宛童和她那前男友分手了。”

“分啦！太好了！我早就说他们不合适！”于宛童她妈欣慰地抚了抚胸口，总算舒了 口气。

“童童不会想不开吧？”还是于宛童她爸发现了问题的重要性，失恋这么大一件事儿，宝贝女儿会不会受什么刺激啊？

“对，这就是我要说的第二点。”邵渊沉痛地继续开口道，“她又恋爱了，对方好像是她邻居。”

死一般的沉默。

几分钟后，于宛童她妈打破了沉静：“模样怎么样？”

“没见过。”

“做什么的？”于宛童她爸追问。

“设计师。”

“家世怎么样？”邵氏夫妇异口同声地问。

邵渊想了想，摇了摇头：“好像是个贫穷大学生。”

“嗯……”

邵氏夫妇对视一眼，都看到了对方眼里的沉痛。

但是，为了女儿的幸福，他们现在还是当作不知情为好。

“儿啊，”于宛童她爸拍了拍邵渊的肩膀，嘱咐他，“你这几天就好好调查一下那个邻居为人怎么样，对童童好不好，必要时候采取一些手段也是可以的。”

于宛童她妈连忙插嘴：“要是他们在一起了那最好，要是还在暧昧阶段呀，你就要替童童把那窗户纸捅破了哦，童童很胆小的呀，不敢做这种事的呀。”

邵渊点了点，三人开始合谋起来。

最终，一个堪称完美的计划终于浮出水面。

Chapter 06 陆其琛第一次那么想曝光自己富二代的身份

陆其琛站在于宛童的门前，考虑了足足十分钟，才下定决心抬起手敲门。

自从于宛童从他家搬出去后，两人也只能在公司见面。

但不知道是他心理原因作祟还是别的什么原因，他总觉得于宛童最近好像有点躲着他的意思。即便是在公司里低头不见抬头见，对方也经常在工作完后扯了各种理由逃离他的视线，仿佛对上他的眼睛就会遭遇噩运一样。

“恋爱小白”陆其琛搞不定的事儿，就会去询问他认为的情场高手周鹤，就像于宛童每次遇见棘手的情况，都会找尹穗出谋划策一样。

只不过很多年后，于宛童和陆其琛才发现他们寻求帮助的人也不过是半斤八两罢了。

回到现在这种紧要关头，陆其琛一般采取的策略是死马当作活马医。

他还记得周鹤只是略一沉思，便冷淡地给他吐出了几个字：“带她去玩。”

虽说这个建议吧，有点太过草率，但陆其琛还是很相信周鹤的，毕竟以周鹤接待过无数美女的经验来说，在和女生相处方面，肯定是比他陆其琛在行的。

“谁啊？”

听见房间里传来拖鞋啪嗒啪嗒的声音，陆其琛连忙道：“是我！”

于宛童踮着脚趴在猫眼那儿望了望，只见一个戴着黑框眼镜的青年站在门外，穿着一件牛仔外套，看上去清爽又干净。

“怎么了，有什么事儿吗？”于宛童赶忙打开门，笑眯眯地问，然而心里却止不住地打鼓。

“也没什么事，”陆其琛很自然地举起手机给她看了看屏幕上的一则二维码广告，有些不自在地摸了摸鼻子，“老大说我们这个月工作太辛苦了，说是给我们放个假，发了几张主题乐园的门票，你周末有空吗？”

“周末？我看看。”于宛童摸出手机调出日历，这才发现周末是七夕情人节。

公司是双休，本来她一个月前就约了尹穗一起去日本玩一圈，但这人居然说什么要去约会，生生拒绝了她的邀请，还把她抛在了一边。

小米就别说了，和男朋友如胶似漆，她就不去当电灯泡了。

家是肯定不可能回去的，她和邵渊的约定还没过半呢，要是她因为没人陪她过七夕回了家，她都能想象到邵渊那张刻薄的嘴脸。

不过，她待在自己家里也没什么意思，朋友圈里全是秀恩爱的，就连小区都挂上了粉色的爱心气球。

“你有空吗？”陆其琛怕于宛童觉得为难，又清了清嗓子补充道，“我只是觉得这票浪费了也挺不好，我朋友又都是男的不喜欢去这种地方。”

“我有空呀！”于宛童点点头，随即自嘲地笑了笑，“我还是只‘单身狗’呢，七夕那天估计又是为了别人的爱情流泪。”

陆其琛便适时地住了口，怕说得太多又让对方想起之前的伤心事。

“对了！老大上次说有个比赛，让你准备一下材料，我到时候帮你报上去。”于宛童笑眯眯地拍了拍他的肩膀，“听说这次的比赛是全球性的，有媒体会一直跟踪报道，你父母到时候能在电视报纸上看见你的消息了。”

说这句话的时候，于宛童是带着那么一丝旁敲侧击的味道的。

尹穗之前说过的话，在于宛童心里长成了一个疙瘩。她想也不是，忘也不是，只有自己找寻答案。

陆其琛没有发现于宛童话语里的试探，只是轻描淡写“嗯”了一声算作回应。他想到那个冰冷得像酒店的家，心中竟然没有半分留恋。

荣誉和名利对于他来说不过是身外之物，想来在他爸的眼里也只是不学无术的最佳铁证吧。

见陆其琛的神态有些不自然，于宛童心中的猜测又更深了一分。

“那就这样说定了，明天上午我来接你。你休息吧，难得今天老大放了半天的假。”聊到了自己不愿再谈的事，陆其琛的态度也冷淡下来。

等到对方打开房门，进去之后，于宛童才难以抑制激动的心情，手忙脚乱地捧着手机给尹穗打电话。

电话刚接通，于宛童便眉开眼笑地闹开了：“尹穗啊，我跟你讲啊，他约我出去玩啦！就明天！是主题公园！就我和他两个人哦！”

“明天不错啊，是情人节。”尹穗的声音听起来有些病恹恹的，“别忘了我给你交代的事，多试探试探，免得到时候给别人做了嫁衣。”

“我知道，你给我说过很多次了，我心里有底。”于宛童发觉了尹穗的异样，皱眉问，“你怎么了？听起来好像情绪不好？”

“你这不废话嘛，谁得了病还能情绪好。”不似平日里耀武扬威的尹大小姐，如今的尹穗连说个话都有些费劲，“我好像又犯胃病了，这几天天天拉肚子，只能喝白粥。”

于宛童小声惊呼：“你不是才做完阑尾炎的手术吗？你这几天又去泡吧了？”

尹穗含含糊糊地嘟囔了几句，于宛童没听清，但还是颇有些担忧地问：“那你要不要去医院？挂专家号吧！你找你爸的秘书去办吧，现在医院里的号是一票难求，得托关系呢。”

“我没事，我不想去医院。”尹穗连忙叫住了于宛童，有些郁闷，“我爸要是知道了，又得把我关在家里了，我都答应过几天和他们去大溪地玩了。”

“姐姐，就你这样还去大溪地呢，你去太古里都费劲。”于宛童没好气地揶揄，“反正你马上去给我看病，不然我就给我哥打电话，让他找人把你抬出去。”

“别别别！”尹穗立马求饶，“你哥每次看见我都像看见什么人口拐卖犯似的，那个眼神简直要把我活剐一样，他还以为你变得这么倔是我撺掇的呢，我见他就害怕！”

“那你什么时候去？”于宛童好整以暇地抛出了关键的问题。

“明天！要是我明天还难受，我就立马收拾滚去医院！”

“一言为定！”

与心怀期待的于宛童不同的是，一墙之隔的陆其琛一筹莫展地拨通了好友周鹤的手机号。

等待了两声短而清脆的提示音后，传来一道低沉的嗓音。

“怎么了？”

“哥，我听了你的建议，明天约她去主题乐园。”陆其琛躺在沙发上，一手扶额，面上的神色看起来像笑，又有点像哭，“但是那个乐园的客户经理认识我，之前都是 VIP 免费通道，万一被认出来怎么办？”

周鹤沉默半晌，缓缓说道：“那你戴墨镜和帽子，口罩也戴吧。”

“哥，明天 35℃，你要热死我啊？”陆其琛神色惨淡，为明天的约会发愁。

“你要是想公布，那你明天就直接跟她说清楚，”周鹤这个时候还在医院写报告，闻言有些疲惫地揉了揉眉心，“你要是想给她一个惊喜，那就当我没说。”

陆其琛想到于宛童提起主题公园时欢呼雀跃的神色和平日里乖巧干净的笑容，一时有些迟疑了。

“那就……照你说的吧。”

翌日大清早，于宛童带着精致的妆容，站在陆其琛门口眼巴巴地等着。

为了防止主题公园的客户经理给她开 VIP 贵宾通道，于宛童昨晚翻箱倒柜地终于找到一顶巨大的遮阳帽和太阳镜，只露出一张殷红的嘴唇和光洁的下巴。

一打开门，戴着墨镜和棒球帽的陆其琛和戴着墨镜和遮阳帽的于宛童面面相觑。

“呃……我听说今天是大太阳，我怕有点晒……戴了墨镜。”

“嗯，好巧，我也是。”

两人心怀鬼胎，相互打着哈哈敷衍过去。

要去的主题公园在郊外，开车都要一个小时。等陆其琛、于宛童到园区门口时，已经快要到中午的饭点了。

“你去买票还是我去？”陆其琛把棒球帽的帽檐压低了些，又把太阳镜往上推了推。或许是平日里懒得锻炼的缘故，陆其琛的身体透着一股病态的苍白和羸弱，在阳光下白得闪闪发亮，倒是吸引了一旁小姑娘们频频回顾。

“呃……”一向热心的于宛童在这个时候有些迟疑了，她是怕客户经理看见她的样子惊讶得合不拢嘴，到时候再嘘寒问暖一阵，这不全白费了嘛。

然而她的迟疑在陆其琛看来，是因为自己让女生买票这种行为的失望。于是，陆其琛静默片刻，还是认命地径直往前走去：“那你在这儿等我，我去买。”

希望今天客户经理不在。

第一次独自买票的陆其琛竟然差点找不到售票窗口，还是一个小学生热情地指了路他才找到方向。这在于宛童面前无异于又丢了脸面，陆其琛心中咯噔一下，破天荒地红了脸。

好在售票窗口人山人海，售票员压根就没注意到陆其琛，等陆其琛怀揣两张票往于宛童身边走去时，只见于宛童频频回顾，神色颇有些慌乱。

“怎么了？”陆其琛顺着她的目光望去，然而入目的全是人。

“没事……我好像，看错人了。”于宛童有些不好意思地笑了笑。

她一定是眼花了吧，居然看见她哥了？

然而有些时候，命运就喜欢和大家开玩笑。

在他们身后两百米处的灌木丛旁，邵渊冷着脸眯了眯眼睛打量着前方的两人——不得不说，于宛童的保密工作做得还可以啊，至少自己都没发现她身边那男人的存在。那男人看起来也不像个老实的人，戴着墨镜和棒球帽，也不知道长得怎么样，于宛童到底是看上他哪点了？想不明白！

邵渊一边想着，一边打开微信，给尹穗转了一万当作感谢提供情报的费用。

然而半天过去了，还没得到回复。

啧，她还忙着呢？

邵渊抬头看了一眼头顶明晃晃的太阳，摇了摇头，这才几点啊，就开始玩上了。

以他对于宛童这个朋友的了解，估计每天就在各大酒吧、夜店、商场和度假村过着日子，于宛童你能不能学点好啊，变得这么堕落就是因为跟尹家这丫头走太近了！

“我怎么觉得有点冷飕飕的？”于宛童拉了拉遮阳帽，双手抱臂，“好像有人在盯着我。”

“谁啊？”陆其琛转过头看了一眼她身后，又安慰她，“你想多了吧，估计是看你长得好看。”

此话一出，果然换来于宛童笑颜如花。

这个场景落在邵渊的眼里，让他觉得空中都飘散着醋香味。邵渊觉得自己今天不该来的，不然也不会成为柠檬树下的柠檬精。

陆其琛和于宛童从过山车上下来后，因为时值周末，激流飞船的检票口排满了长龙，思虑再三，陆其琛还是听从了于宛童的选择——去旁边的鬼屋看看。

即便陆其琛对鬼怪一直有种莫名的恐惧。

于宛童一直想去鬼屋试一试这种密室逃脱的快乐，然而之前赵铭源说什么也不愿意去，她为了迁就赵铭源还真的不惜放弃一切爱好来成全对方的乐趣，以至于谈了这么久的恋爱，她才逐渐意识到自己已经在这场恋爱中丧失了自我。

失去自我的恋爱便也不叫恋爱了。

“你给于宛童后面排队的人发点辛苦费，就说让他们再多等十多分钟，等这两人出来之后再进去。”邵渊站在旁边的浮雕柱后，摸出皮夹点了一沓钱交给助理小吴，吩咐道，“还有，别让于宛童看见你。”

“邵哥，你准备撮合他俩啊？”小吴朝邵渊挤眉弄眼。

邵渊飞踹他一脚：“让你去就去，少在这儿叽叽歪歪的。”

然而走在队伍前端的于宛童丝毫没有意识到她哥给他俩精心安排

的剧情，等到快要进了鬼屋大门，一旁的工作人员突然跑过来笑着向他们解释："不好意思，因为我们现在在录一个活动节目，所以后面的游客需要配合我们，这一次就你们二位先进去吧。"

原本十个人的队伍突然只剩他们二人，饶是于宛童都觉得有些后背发毛，她原本还想借着人多壮胆呢。

"没关系，你如果想去的话就去吧。"

陆其琛拉住于宛童的手，她一抬头，就看见了陆其琛那双带笑的眼睛。

这个鬼屋说是鬼屋，其实就是一个大型的密室逃脱类的迷宫。

迷宫由大小不同的镜子组成，其中还有阴暗的暗道和时不时跳出来捉弄人的工作人员，以及墙壁上还用红色的油漆泼上了诡异的图画和文字。

沿着墙上绿色的荧光指示牌，两人摸着墙壁，慢吞吞地往出口走去。

明亮的镜面走廊上，有玻璃里反射着他们两个人小小的倒影，倒显得有些新奇。然而当他们走到一个分岔路口的时候，灯光逐渐变暗，暗到只有萤火般大小的光点。

墙上荧光绿的指示牌，散发着幽暗而诡异的光。

“该往哪边去啊？”于宛童抬头询问似的望向陆其琛，然而后者却耸着肩摇了摇头，示意自己也不知道。

“这两条路应该都能走到出口，只是两条路遇见的景色不一样吧。”陆其琛指了指前方阴暗的两个路口，“或许有一条是简单模式的，有一条是困难模式，就看你怕不怕了。”

说起来，安全感真的是个奇妙的东西。

陆其琛一方面想给于宛童安全感，但似乎冥冥之中对方却成了他温暖而又坚强的后盾，在遇见于宛童后，他上刀山下火海都是一件简单平凡的事。

“我不怕。”于宛童笑嘻嘻地说，“我看你脸色发白了，该不会是你怕了吧？”

陆其琛挑起眉轻嗤一声，迈着大步往其中一个通道走去，于宛童愣了半晌，还是快步跟了过去。

然而就在这短短几分钟，狭窄逼仄的镜面走廊里，突然就看不见陆其琛的身影了。

“陆其琛？”于宛童摸着墙壁小心翼翼地往前走着，呼唤着陆其琛，“你走慢点，我跟不上你了。”

无数镜面中倒映着于宛童的身影，破碎的镜面分散出大大小小的于宛童，有种单薄又诡异的错觉。

渐渐地，于宛童手心浸出了密密的冷汗，在这空无一人的密室之中，孤单总是会被放大无限倍，随着时间流逝，光线也越来越暗，身后还有若即若离的脚步声传来。

“陆其琛？陆其琛！”于宛童急了，摸着墙壁狂奔起来，开始慌张地尖声，“你在哪里啊！等我一下啊！”

房间里暗处的喇叭开始奏响古怪的歌谣，那身后的脚步声逐渐逼近，到最后竟然变得急促起来，像是有人在追赶一般。

于宛童一听，连忙撒开脚丫子尖叫狂奔，也不知道怎么跑着跑着突然撞到了一个温热的物体。

鼻尖传来的酸楚味直直灌进了于宛童的大脑，疼得她差点哭出声来。

“啊……”

“是我。”陆其琛被她这么一撞，条件反射地将她搂在怀中，连忙出声安抚道。

在阴暗的房间里，自己靠着对方的胸膛，洗衣粉和阳光的香味在鼻尖蔓延开来，陆其琛喷吐出的温热气息就快要把她包围得严严实实。

她快要沉溺在这该死的温柔中了。

见怀里的少女只是不安地扭动了片刻，便没有再挣扎，陆其琛也没有改变动作，依旧抱着她，只是那拥抱变得轻柔了许多。

“呃……快……快走吧。”于宛童的声音不由自主地变得细小，她从陆其琛的怀中挣脱出来。

陆其琛只觉怀里一空，少女便轻巧地绕开了他的臂膀。

就在这刹那间，温热又带着少女特有香甜的唇贴上了他的脸庞。

像是蜻蜓点水一般，很快便飞离了他的身边，只留下余味无穷的情愫。

陆其琛还呆呆愣愣的，但于宛童已经跑开了，她害怕又被陆其琛给落在后面。

他傻乎乎地抚上脸颊，还有些没反应过来。其实刚刚他不过是故意躲起来想看于宛童惊慌失措的样子，却没想到最后阴错阳差竟然成了他俩感情的催化剂。

他不禁出声：“哎，你别跑太快，刚刚那些都只是工作人员——喂，走慢些——”

……

邵渊靠着门口的大理石浮雕柱，百无聊赖地把玩着烟盒，等待着两人从鬼屋惊魂中跑出来。

还真是便宜那小子了，啧！

于宛童虽然长得一般，性格一般，脾气一般，琴棋书画样样不行，胡吃海塞倒是少有对手，但再怎么说也是他们邵氏千金，继承的家产怕是这穷小子祖孙三代都给不了吧？

话又说回来，他怎么总觉得那小子的名字那么耳熟呢。

邵渊摸出一根烟来给自己点上。

然而，无论邵公子如何冥思苦想，皱眉思索，脑海里还是空空如也。

估计是这几天被于宛童给气的吧。邵渊在心里宽慰自己，俨然不承认这已经是他提前衰老的前兆。

"邵哥，我刚刚听小童说，他们要去摩天轮。"小吴过来说。

"哦。"邵渊冷静地掐灭了手里的香烟，点了点头，"去吧，让那摩天轮多转几圈。"

起初，于宛童和陆其琛都还没意识到排队的恐怖性，从来只走贵宾通道的两人只以为排队不过是打发时间而已，最多十分钟罢了，然而在经历半小时的漫长等待后，这两人都慌了神。

于是，午饭都顾不上吃，一人只吃了一块三明治便匆匆踏上游玩队列，等到于宛童和陆其琛到达最后一个摩天轮的时候，已然是傍晚时分了。

陆其琛一手搭在靠背上，懒洋洋地打了个哈欠，揉了揉空空如也的肚皮，心里琢磨着该怎么跟于宛童说自己快要饿得虚脱的事实。

于宛童扒着窗户玻璃，表面上是俯瞰整个主题乐园的傍晚夜景，实则却是竖着耳朵偷偷听着陆其琛的动静，透过玻璃的反射能看见坐在她身旁的陆其琛一手扶着额头，不知道在想些什么。

要表白了吗？

要不然，我先说点什么……

“我怎么觉得这个摩天轮好像转了好几圈了呀。”于宛童撑着头，眨巴着眼睛有意无意地望向陆其琛，企图从他的表情中摸清他的下一步动作。

“好像是。”陆其琛也终于坐直了身子，揉了揉乱糟糟的短发。

他一直有这么个习惯，只要遇到什么麻烦或者举棋不定的事，就会揉揉头发，非得揉成一个鸡窝心里才踏实。

于宛童见他这般，心里便有了底。

来了！

“我……我想问你个事儿啊。”陆其琛有些不好意思地摸摸鼻子，讨好似的望向于宛童，“就……有个小问题。”

“嗯，你说。”

于宛童明面上一副云淡风轻，背地里却心跳如鼓擂就差摇旗呐喊了！

他要问什么？是问我最近有没有交男朋友吗？

还是问我有没有喜欢的人？

或者说……他已经知道我的秘密了？

“嗯……”陆其琛一边摸着肚子一边斟酌着语句。他想着，要是等会儿带于宛童去那家餐厅吃法餐，她不习惯怎么办？要不要问一下她是喜欢中餐还是其他的？

夏日的风暖洋洋的，带着盛夏独有的香甜，远方深蓝色的天幕晕染上嫣红的晚霞，橙色与淡紫色的余晖和少女清爽的面容、干净纯粹的笑容组成了不可忘却的回忆。

喜欢是什么时候的事儿呢？

喜欢是一瞬间的事。

“我想说……”头顶传来一道低沉的嗓音，带着一丝温柔的倦意。

“嗯……”于宛童抬起头，咬了咬下唇，故作娇羞地等着陆其琛的表白。

她看见对方睫毛微动，朝她勾了勾嘴角。

“你喜欢中餐还是……”

“哈？”

于宛童大脑有些转不过弯，陆其琛你在说啥？

说好的深情表白呢？

陆其琛，你拿错剧本了吧！

然而对上对方略带无辜又诧异的眼神，于宛童还是不得不把怒火压了下去。

算了，可能直男就是这样欠揍吧。

于宛童和陆其琛两人下了摩天轮，不过怎么看起来好像两人没有热恋期小情侣一样腻歪呢？

邵渊摸着下巴陷入了沉思，难道是摩天轮少转了几圈？

就在这么个密封的小房间，他未来妹夫也不知道先表个白说几句话？

太惨了，真的太惨了。

邵渊忍不住为他的亲妹妹掬一把同情泪，摊上这么一个钢铁直男，一定不好受吧！

“邵哥，他们好像要去吃饭了。”

“哦。”邵渊把墨镜戴上，扬了扬下巴，“走，跟上。”

等到了陆其琛和于宛童到达的地方，邵渊终于露出了欣慰满意的笑容。

虽然这小子看起来穷了点，好歹品位还不错。

陆其琛带于宛童来的这家世家私房菜馆，位于繁华步行街商业区的城中心老宅里，四合院的老宅，被点上了红艳艳的灯笼，有一种大隐于市的潇洒。

世家私房菜实行的是会员制。

换句话说，不是所有想来这儿吃饭的人都能进入，是必须获得会员卡才可以的。至于这会员卡，也不是用钱就能买到的，通常是由世家私房菜固定向一些集团企业的董事会发售。

于宛童自然是知道这些规矩的，之前她爸就给了她一张会员卡，还是白金会员。

她有些无措地看向一旁的陆其琛，见对方神色自若，似乎丝毫不知道世家私房菜的店内规定。

“你是从哪儿知道的这家店呀？”于宛童旁敲侧击地想要告诉陆其琛，这家店没有会员卡是进不去的。

“从——”陆其琛本来想说之前他妈带他来吃过几次，但话锋一转，“从我朋友那儿听来的，他说味道还不错。”

“那这家的菜应该很贵吧，”于宛童绞尽脑汁想要点醒对方，“我看好像都是有钱人来吃的。”

“嗯……”

陆其琛终于意识到了事情的不对劲之处。

这家店好像是会员制的店，没有会员卡是不能来吃饭的，但是会员卡又不是普通人就能花钱办到的！

他低下头偷偷翻出自己的钱包，世家私房菜的会员卡闪着银灰色的金属光。

还是不让她看见算了。

但走都走到这儿了，不进去是不是又有点尴尬？

要不，说是借了朋友的卡好了！

邵渊坐在车里，看着前方一男一女站在世家私房菜的朱红大门外踌躇不定，男生鬼鬼祟祟地摸出钱包，又心神不宁地不住地回看着于宛童，似乎有话要说。

哦，对，这世家私房菜得要会员卡，这小子估计不知情。

怎么办呢？

邵渊无奈地摇了摇头，第一次泡妞就遇见这种尴尬事，也太惨了吧。他随即从钱包里摸出一张会员卡递给小吴："拿去给于宛童。"

"好！"

小吴正准备下车，又被邵渊叫住："别说是我，就说是于宛童的朋友。"

"明白了。"

于宛童明明自己钱包里有会员卡，这种时候却不拿出来，加上之前在那主题公园放着VIP通道不走，非要跟一群人一起排队，想来是不想暴露自己的身份吧，换句话说，难道于宛童在考验这小子？

那他干脆顺水推舟做个人情好了。

"小吴，你怎么在这儿啊！"于宛童余光突然瞥见一道熟悉的身影，吓得声音都变尖了。

还有什么比看见邵渊身边的助理出现在自己面前更可怕的事情吗！

"刚刚邵哥看见你在这儿，怕你吃饭没卡，让我捎给你。"小吴憨厚一笑，把手里的会员卡递了过去，无视陆其琛充满质疑的打量，还煞有介事地说，"有什么事儿你就打邵哥电话，我们还有事儿，就先走了啊。"

哼，还想泡我们邵氏千金，你这小子是想飞上枝头变凤凰啊！小吴鄙夷地瞪了陆其琛一眼，大步流星地走了。

陆其琛顺着他走的方向望了望，看见一辆劳斯莱斯停在路边。

脑海里莫名地又想起那次于宛童在他家吃饭，最后匆匆忙忙出门和一个男人谈话的情景。

会是一个男人吗？

“邵哥是谁？”陆其琛转头问向一旁的于宛童，“你朋友？”

“算……算是吧。”于宛童含含糊糊地回答。

“之前怎么没听你说过。”陆其琛顿了顿，又试探着问，“你们关系很好？”

“哎呀，这个不重要。快走吧，我都要饿死了！”于宛童不由分说地拉着陆其琛进了世家私房菜馆。然而，她的逃避在陆其琛看来却是为了掩饰和邵渊之间的关系。

陆其琛心中生出了一丝难以名状的感觉。

就好像是自己越想要靠近的人，却始终对自己有所防备，既熟悉又疏远，永远没有走进对方心里。

她在掩饰什么呢？

是想掩饰对方和她之间的关系吗？还是说，她不想让自己知道她有这么一个有钱的朋友?

可是我也有钱啊！他能给你的，我也可以啊！

陆其琛头一次那么想曝光自己富二代的身份。

“你怎么了？发什么呆？”于宛童伸出手在陆其琛面前晃了晃，“快点餐呀，你喜欢什么？醋熘虾球？”

“你点吧，我都行。”陆其琛回过神来，朝于宛童微微一笑。

……

夜色依稀，风中飘来缱绻又温柔的栀子香味，已是盛夏，再过一个月就是初秋，这繁盛的夏意又要悄然消失。

周鹤撑着头，拿着一支笔在病历本上批注着今日接待的几个特殊病人，虽然现在已经全面实行电脑办公，但他还是养成了用笔记记的习惯来加深记忆。

“刘护士，今天陈医生还没来吗？”周鹤看了一眼手腕上的表盘，已经过了交班的时间了。

“陈医生她还没来呢，听说她今天下午有点事儿，可能要晚一点。”刘护士双手背在身后，偷偷地打量这位在科室十分有名的黄金单身汉周鹤。

周医生年纪轻轻就当上主治医师，长得也比医院里其他那些秃头中年大叔强多了，听说家里还有个公司，要是当不好医生就得去继承家业了。

而且……

刘护士捂着心口嘿嘿一笑，她都来医院两年了也没听见周医生有什么绯闻传出来，一看就是洁身自好的好男人，这可是打着灯笼都找不到的好对象啊！

“周医生，你今天晚上有约吗，今天是七夕呢。”

“没。”周鹤头也不抬地翻看着病历，连眼皮子都没抬一下。

心中失望不已的刘护士瘪了瘪嘴，正准备再问一句，只听身后传来一阵喧闹。

“医生，快快快，我不行了——”

周鹤一听这话，连忙起身往科室门口走去，只见一个女人一手撑着腹部，一手扶着墙。见到他后，女人的酒劲似乎还没醒，醉醺醺的，不知道在说些什么胡话。

“你们那个周医生在哪儿，叫他出来，他是我的救命恩人哪，让他再救一次我的命——”

女人横冲直撞，跌跌撞撞地往急诊间走去。

见状，周鹤不得不扶着她免得她摔倒。

在看清来人后，周鹤皱了皱眉：“尹穗？”

“哎，你长得就好像周医生哦。”尹穗抬头，眼神迷离。

刘护士看了一眼周鹤，又看了一眼尹穗，有些吃味地问：“周医生，这是你朋友啊？”

“嗯……”

周鹤比陆其琛还不善言辞，要他解释和尹穗之间的关系简直比登天还难，还不如“朋友”两个词来得简单。

刘护士本来还有些愤愤不平，但看见对方肩上背的是 GUCCI 限量款，身上的衣服也是 CHANEL 夏季新品套装，特别是周鹤跟对方好似十分熟稔，她还是适时地闭上了嘴。

“那周医生，我就先去忙了哦。”

“好。”

等到刘护士离开，周鹤才皱着眉把尹穗扶到一旁的凳子上，没好气地问：“你又喝酒了？上次才来医院也没几个月啊？”

“朋友聚会，喝着玩的，我身体好着呢！”尹穗不满地嘟着嘴，一双红唇太过耀眼。

她身上若有似无的香水味钻进了周鹤的鼻子，他咳嗽了一声算是定了定神：“你哪儿不舒服？”

“肚子疼。”

尹穗喝得有些醉了，没了往日的嚣张跋扈，此时乖乖地坐在他面前，牵着他的手贴上自己的腹部。

“这里不舒服，绞着痛。”

感受到手掌下柔软的皮肤，饶是周鹤都有些难以定神，他连忙移开视线，逃离似的坐在自己的办公桌前写病历。

“这几天忌酒、忌辣，多吃清淡，饮食规律。”周鹤自顾自地说了一堆，这才后知后觉地反应过来尹穗根本就没听进去，不由得无奈地又问，“尹穗，你有没有听我说话？”

“听啦。”尹穗嘿嘿一笑，胡乱地揉了揉头发。

周鹤拿她没辙，抬头看了一眼时钟，估计交班的医生也快来了。

“你家还是住在华云别墅是吧？你要不要给于宛童打个电话？”周鹤一边说着一边找了一瓶药递给她，“你回去吃几颗这个就成。”

“她现在忙着约会哪里管得到我啊，我太惨了，一个靠得住的朋友都没有，呜呜呜……其他的还在酒吧玩呢，呜呜呜……”

尹穗哭得越来越大声，周鹤怕她再这么说下去就得有保安进来抓人了。

“好了别说了，我送你回去。”

……

于宛童和陆其琛酒足饭饱后，满意地摸了摸肚子踏上了回家的路。

“陆其琛，你手机还有电吗？”于宛童朝陆其琛晃了晃自己已经黑屏的手机，“我想给尹穗打个电话，手机没电了。”

“我也是。”陆其琛无奈地从裤兜里摸出手机，“今天玩了一天又忘记充电了，刚才付了账之后，最后一点电刚好用完。”

没了手机打扰，两个人相处的气氛变得有些微妙起来。

在这静谧的夜晚，一时又不知道从何说起。狭小的车厢内，于宛童只能眼观鼻，静默无声。

“童童，我想跟你说一件事。”

耳边又一次传来陆其琛略带迟疑的声音，于宛童心里“咯噔”一下，继而变为抑制不住的狂喜，然而表面上她还得装出一副云淡风轻的样子，只不过一直颤抖的双手还是暴露了她内心的激动。

“我想说——”陆其琛突然话锋一转，又满不在意地耸了耸肩，“算了，还是先不说了。”

心里顿时涌上一阵失落，但于宛童没表现出来，她只是“嗯”了一声当作回应，转而低头系安全带。

不知道是心理原因作祟，还是陆其琛这辆小破车的安全带有问题，于宛童低头摸索了半天都没找到插口，一张脸涨得通红。

“不熟悉我这辆车的人经常弄不好安全带。”陆其琛转过头来，伸出手来帮她系好安全带，笑了笑继续道，“以后这就是你的专属座位，你还是要学着习惯。”

于宛童愣了愣，没反应过来陆其琛这句话的含义。

“还没明白吗？”陆其琛顺手揉了揉于宛童的头，微微一笑，“当我的女朋友好吗？”

Chapter 07

你放心，——我会对你负责的

和陆其琛确定恋爱关系后，于宛童还是觉得晕乎乎的，不能习惯。

时值周末，于宛童习惯地赖在床上打盹，已经有人轻轻敲了敲她的床头柜。

“童童，乖，起床吃饭。”

“还不想吃嘛……”于宛童揉了揉眼睛，含混不清地嘟囔，“你怎么来了？”

“我有你家钥匙啊。”陆其琛直接掀开被子钻进于宛童的被窝，从身后抱住她，把头埋在她的脖颈中，“我也想睡觉，我早上为了给你做早餐起得可早了。”

身后突然多了一个大冰块，冷得于宛童直接醒了，她嫌弃地推开陆其琛，用被子把自己裹得严严实实，警惕地盯着他：“你……你再说一遍，你来干吗？”

差点被推到床下的陆其琛有些委屈：“我给你送早餐的嘛。”

“早餐呢？”

陆其琛连忙殷勤地端起梳妆台上放好的保鲜盒，递给她：“熬的木瓜粥还蒸了两个小笼包，你胃口小，吃这些估计就够了”

“你几点起来做的呀？”于宛童裹着被子张望了一下，不错，还挺丰富。

“七点。”陆其琛一边说着，一边打了个哈欠。

像他这么懒的人，居然有朝一日还会早起给别人做早餐。

“辛苦你了呀。”于宛童有些感动，拉了拉陆其琛的衣袖，给了他一个温暖的熊抱，“你也和我一起吃吧。”

“我就不吃了。”陆其琛怜爱地看着抱着自己腰身的于宛童，揉了揉她乱糟糟的头发，关切道，“木瓜丰胸，我专门给你做的。”语罢还期盼地望向于宛童，渴望得到对方的称赞。

于宛童：“……”

两人对视一眼，又“扑哧”一声笑出声来。

“今天你有安排吗？”陆其琛凑过来环抱着于宛童。

“今天？”于宛童瞥了一眼手机屏幕，备忘录干干净净，“没有呀。”

陆其琛一听这话，笑了起来，双手搂住于宛童的腰肢，两人额头相抵：“那我们出去玩？”

“就我们两个吗？”于宛童顺势钩着他的脖颈，笑得眼睛弯弯，“是约会吗？”

之前没有确定关系的时候不知道有朝一日两人会这般亲密，但是等到真正能够触摸对方的脸颊，能够扑进对方带着洗衣粉和阳光味道的怀抱时，于宛童才重新认识到原来恋爱是这般能带给她愉悦的。

是她每日烦琐又平淡的生活中闪闪发光的星辰。

是让她甜蜜和沉迷的奶糖。

“要不然把周鹤和尹穗也叫上吧。”于宛童出着主意，“反正他俩也在谈恋爱，周鹤工作这么忙，肯定没时间陪尹穗出去玩。”

“那行，我问问周鹤有没有时间。”恋爱中的男生也会失去理智，陆其琛为了依着于宛童，拨通了周鹤的电话，与此同时，于宛童也给尹穗发了消息。

“喂——周鹤，今天出来玩啊，把你女朋友叫上，咱们一起。”

“女朋友？”好不容易有休息日的周医生，此时坐在窗边阳台上喝着咖啡享受阳光，闻言皱眉道，“我哪儿来的女朋友？”

“你还在跟我装蒜是不是？”陆其琛谈了恋爱，觉得恋爱是世界上最美好的事，恨不得自己的兄弟们全都来感受恋爱的甜蜜，“上次你还在和尹穗谈恋爱呢，这么快就分手了？”

“……”

这下轮到周鹤哑口无言了，他正琢磨着怎么跟陆其琛坦白，突然电话那头传来一道女声：“周鹤答应没有啊？尹穗都答应了，这两人怎么谈个恋爱还像个陌生人一样，还得我在中间传话啊？”

行吧，传说中的女朋友都答应了，他还能说什么呢？

一个小时后，四个人在S市最大的实体密室逃脱体验馆集合。

尹穗依旧戴着她标志性的大墨镜，涂着烈焰红唇，不耐烦地嚼着泡泡糖：“什么叫还要提前预约？我出五倍的价，先给我们开一个房间，我等会儿还有饭局呢。”说罢，摸出钱包递过去一张卡，“麻烦你们通融一下，谢谢。”

见到尹穗就这么大大方方地直接掏钱，饶是工作人员都有些目瞪口呆，连忙说要请示一下主管。

陆其琛和于宛童却是神色平常，仿佛这是一件司空见惯的事儿一般。

陆其琛不惊讶，周鹤是知道的，毕竟他家的富有程度估计跟这位尹小姐差不多。

不过于宛童怎么也是一副早就习以为常的样子，好似丝毫不羡慕?

周鹤思索着,像尹穗这么有钱的白富美,怎么和于宛童是好闺蜜?且不说双方经济落差,就连眼界和所处的环境也是天壤之别……

这头周鹤还没想清楚,那头去请示完主管的工作人员已经满脸笑容地回来了,热情地迎着四人进了最大的一个包厢。

这家密室逃脱规模很大,玩家并不只是被关进一个房间,要求一个小时之内完成解密,而是被关进一栋楼里,每个房间的通道都有不同的背景故事,玩家从二楼的房间进入,在通过解密和一系列攀爬、合作等活动后从一楼的出口离开。

四个游戏主题,四个人抽签,最后是周鹤赢了,他随手一指,选了一个中等难度的主题:“就这个吧。”

然而在蒙眼进入房间后却被告知要被分成两队,进入不同的两个小房间,最后在一楼会合后离开。

好巧不巧,等取下眼罩后,尹穗才发现身边的人不是于宛童,甚至连周鹤都不是,竟然是说过的话都没超过五句的陆其琛。

“嗨……”

“嗨……”

两人尴尬得说不出话来,估计那工作人员眼花,误以为他们是一对。

陆其琛开口："那就先一起找线索和宛童他们会合吧。"

"好……好……"

尹穗也只是从于宛童那里听过关于陆其琛的只言片语，对于这个人，她始终是持中立态度。

房间里光线足够昏暗，陆其琛没有发现尹穗偷偷打量他的目光。

"这儿，有个线索。"陆其琛指了指天花板，"只是太高了，我估计要站在凳子上才能看见，麻烦你帮我撑着一下凳子。"

"没问题。"尹穗爽快地回答。

等到陆其琛站在凳子上费力地够那吊灯的时候，裤兜里的钱包不小心落在了地上，尹穗眼疾手快地捡了起来，余光一瞥便不由自主地挑了挑眉，心中有种发现大秘密的狂喜。

……

"那个，我们要不要快点找线索出去啊？"于宛童面对周鹤总有一种面对班主任的尴尬。

"不急。"周鹤好整以暇地抱肘看着她，"我想问你一件事。"

"什么事啊？"于宛童装疯卖傻，"哎呀，时间来不及了，你快点找线索吧，不然这一个小时就白费了，尹穗花了大价钱呢。”

“你和尹穗是高中同学吗？”周鹤突然问。

于宛童愣了愣，本来想说她们俩是从小玩到大的好朋友，但是又忘记自己之前是怎么跟陆其琛提的这事儿，便只能顺着周鹤的话头应道：“是……是啊。”

“但是尹穗高中在国外，你们怎么是同学？”

“呃……她……她转学过去的。”于宛童结结巴巴，“不对，尹穗高中在国内读的，只是大学才在国外去的。”

周鹤其实也不知道，只是说来诈她的。

很快，他又抛出一个新问题。

“其实，以尹穗的家庭情况，完全可以给你介绍一个更好的工作，你为什么还在当一个小职员？”

于宛童额头都冒冷汗了，这人是什么性格啊，怎么老喜欢找人问东问西的。

“我不想麻烦尹穗。”于宛童尴尬一笑，“我觉得小职员就挺好的。”

周鹤“嗯”了一声，也没说其他的，只是扔下一句“你别骗他”，便转身去寻找其他线索去了。

最后，四人走出场馆，每个人脸上都是不同的神色。

尹穗朝于宛童使了个眼色，于宛童便撇下陆其琛小跑过去。尹穗连忙拉了她一把："我跟你说啊，你知道陆其琛的钱包是什么牌子的吗？"

"啊？我咋知道？"于宛童歪着头想了想，她当时也没细看，好像是个浅咖啡色的皮夹。

"是LV的！"尹穗小声道，"我跟你说，你看陆其琛长得还行吧是不是？现在很多富婆都喜欢这种小年轻小鲜肉的，不然你想想，他那点死工资怎么够他的花销。而且他们学设计的，性格都很开放的，你懂我的意思吧？"

于宛童愣了愣，有些不可置信："你是说……不会吧？"

"反正我也提醒你好几次了，"尹穗痛心疾首地拍拍她的肩膀，"虽然你们现在谈恋爱了，我还是觉得你应该好好再观察一下。"

于宛童想了想，又反问："那你男朋友跟你说过陆其琛的事吗？"

"男朋友？"尹穗微怔，很快便反应过来于宛童说的是周鹤。

周鹤哪跟她说过这些呢，她连周鹤的电话号码都不知道呢！对，还是应该留个周鹤的电话号码，万一以后这两人出个什么事儿呢。

见尹穗吞吞吐吐的模样，于宛童心里也猜到了答案，便没有再多过问。

四人走到岔路口，临近分别。

“周鹤，走啊，等会儿陪我去看看材料。”

“哎呀，我陪你去！周鹤和尹穗等会儿还要两人独处呢，你别添乱了！”

于宛童发觉了今天尹穗和周鹤两人相处的气氛有些微妙，便非常自然地把这一情况归结为小两口日常拌拌嘴吵了架，连拉带拽地把陆其琛给拖离了现场。

“那什么，周鹤你记得把尹穗送回家哦。我们就先走了，等会儿又到高峰期，小区里不好找车位。”

“嗯……”

尹穗还愣愣的，然而于宛童果然雷厉风行，几分钟的工夫连人影都看不见了。

得，还真把她托给周鹤了。

“你今天开车来的吗？”想来周鹤也是对于这种情况有些尴尬，她便主动开口问。

尹穗点点头，很仗义地拍拍他的肩膀：“没关系，你不用管我，我给我家司机打个电话，估计等会儿他就来了。”

“没事，我送你吧。”周鹤不由分说地拉着她往停车场走去，“反正也顺路。”

对方手掌心的温热便这么赤裸裸地将她的手腕包围，尹穗甚至能感受到对方指腹的粗糙和修长的骨节。

“那……谢谢啊……”尹穗磕磕巴巴地好一会儿才说出这几个字。

天知道，要让她说出感谢的话得多费劲。

周鹤闻言调笑：“今天怎么这么乖巧了？”

尹穗耳朵又是一红。

她怎么会听不出他的话外之音，想来又是调侃她不像那日的锋芒毕露，倒变得乖顺许多。

两人一前一后走进地下车库，没了来往行人，空荡荡的地下室更显得寂静可怕。

尹穗在心里默默数着前行的步子来缓解两人无话可说的尴尬局面。

一步，两步，三步……

“对于那天的事。”

“噢，对了，你知道我家在哪儿吗？你要是找不到的话，我还是自己打车吧，就不麻烦你了！”尹穗抢先开口，把周鹤的话语给堵了回去。

“我知道，你在华云别墅区，我是说那天……”

“那天都是喝酒误事，咱们两清！”

“我其实并不是那种见色起意的人。”

“我知道我知道，不怪你，荷尔蒙作祟嘛，能理解。”尹穗点了点头，一副哥们好的样子。

“但是女孩子遇到这种事还是挺吃亏的。”

“没事，我习惯了。”尹穗意识到说错了话，又连忙补充道，“我不是说我经常做这种事，我是说，当时是特殊情况，我已经调整好心态了。”

然而，周鹤却无奈地笑着摇了摇头，反手牵住了她的手：“你和于宛童不一样，虽然陆其琛跟我说她是一个单纯的人，但我却觉得你比她还单纯。”

尹穗心里“咯噔”一下，暗想这老哥不会赖上我了吧？

“你放心，我会对你负责的。”

“……”

回到家后，于宛童怎么想怎么不对劲。

就像上次老林要去德国买酒，陆其琛随口便说出一系列常人听都没听过的牌子，这也太奇怪了吧？要说这是爱好也无可厚非，关键是陆其琛就不爱喝酒，除了画设计图和打游戏平时也没听他说过有这种喜好啊。

趁着第二天陆其琛去公司上班，于宛童以身体不舒服为由请了一天假。

“那我就去上班了！”陆其琛不疑有他，还贴心地嘱咐于宛童多休息。

“好，路上注意安全哦。”

陆其琛前脚一走，于宛童便迅速把房门反锁，钻进卧室。

其实没经过别人允许私自翻弄别人的衣柜箱子是很不礼貌的行为。

于宛童也知道，但她就是控制不住自己的好奇心。

仔细想想，陆其琛一个月工资就只有八千多，怎么用的电子产品全都是最新款，只有衣服、裤子是优衣库这种平民品牌。

陆其琛的衣服少得可怜，都被挤在了衣柜的一个角落，另一边装的则是各种游戏机的盒子还有数码用品的包装盒，以及公司的各项文件。

于宛童蹲在地上偷偷地翻弄着，终于，在衣柜的一个角落里发现了一个不一样的包装盒。她咬着牙把那盒子打开，里面赫然装着一个皱巴巴的古驰女士钱包，翻开一瞧，里面一张钞票都没有，却放了一张女人的照片。

女人戴着宽边太阳帽，站在灯塔上，夕阳的余晖将她笼罩在一片朦胧之中。虽看不清她的面容，于宛童却能感受到她与生俱来的温柔气质。

这女人是谁？

于宛童只觉得自己的心在怦怦乱跳，她艰涩地咽了咽口水，双手又控制不住地颤抖起来。尹穗说过的那番话又一次涌上了她的脑海之中——“现在很多富婆都喜欢这种小年轻小鲜肉的，不然你想想，他那点死工资怎么够他的花销？”

应该不会吧……

她舔了舔干涩的唇，跑到厨房去接水喝。

于宛童有个习惯，只要一遇到紧张的事儿除了想上厕所还想喝水。

等到几杯水咕噜噜地下了肚，她的心情也逐渐平复下来。

于宛童摸出手机拨通了陆其琛的电话。

好半晌，电话才接通。

那头传来陆其琛的声音，还伴随着敲击键盘的嗒嗒声。于宛童不用看都能猜到陆其琛一定是偏着脑袋夹着手机，两只手在键盘上打字飞快。

“怎么了，不舒服吗？我等会儿下午公司没事儿，我请个假回来。”

“不是，你在干吗呢？”于宛童随意地问。

“我在看设计图和户型，下个月就要去参赛了嘛。”

于宛童若有所思地点点头：“噢噢，我也没事，就是想着反正在家也没事儿，要不要把你的衣服也一起洗了，你衣服都放在衣柜里的吧？”

“等等！”陆其琛突然急声问，“你翻我衣柜了吗？”

见于宛童没说话，陆其琛又连忙道：“你别动我衣柜的东西啊！”

“你衣柜里面不就是平常穿的衣服和一些盒子吗？”于宛童的声音听不出是什么情绪。

“噢噢……反正别乱翻。”陆其琛意识到可能于宛童还没找到他放在衣柜底层的钱包，心里松了一口气，“好了，你不用洗，我回家再弄。先不说了，我正忙着，挂了。”

放在衣柜底层的那个钱包，是陆其琛母亲的遗物。

他想不明白为什么他母亲这么年轻就被病痛折磨去世，也无法理解为什么在他母亲的最后关头他爸竟然会因为公司的事儿半年才来医院一趟。

每次和他爸吵完架，一看见钱包里他母亲温柔的眉眼，他便觉得世界上一切问题都可以迎难而解。

他应该好好生活。

陆其琛遮遮掩掩的态度不禁让于宛童有些犹豫和怀疑，虽然她是信陆其琛的，只是又有另一个声音一直提醒她，陆其琛在骗她。

陆其琛有秘密。

其实，谁没有秘密呢？她也有。但有些时候人就是这么双标，她一定要弄清楚陆其琛在掩饰什么。

然而现在能够帮她忙的，就只有尹穗和邵渊，邵渊那性格，肯定又要问东问西，她想了想，觉得还是问问尹穗吧。

正想着，邵渊的电话却突然打了进来。

“喂——干啥？”于宛童语气有些不好，只能把怒火撒在她哥头上。

“哎哟喂，你这是什么语气，”邵渊冷哼一声，“有个男朋友忘了哥？我跟你说啊，你现在在哪儿呢，二十分钟之后我到你家楼下了。”

“什么意思？”于宛童有些微怔。

“晚上有个聚会，爸妈朋友的孙子满月，请的都是多年不见的老朋友，你小的时候他们还抱过你呢。”

于宛童只是思考了一秒，便很快同意：“那好，我去换个衣服，马上就来。”

反正待在家里也会胡思乱想，还不如去吃顿好的。

陆其琛放下电话，越想越觉得不对劲。

平时于宛童是知道他换洗衣服都放在洗衣篓里，怎么会突然想起打电话问他衣柜的事儿。该不会是她发现什么了吧，然后胡思乱想？

“老大，我下午请个假，先回去了。”

“是担心于宛童一个人生病在家，要赶着回去照顾吧。”卿山调笑着打趣，但还是挥了挥手让他回家。

陆其琛在众人艳羡的目光中胡乱收拾好东西，就往电梯间跑去，然而路上给于宛童打了好几个电话都是正在通话中。

他心里不免七上八下的，紧张得连开车都变得横冲直撞起来。

“喂——到了？那行，我刚化完妆，你不用进地下停车场了，就在小区门口等我就是。”

要参加爸妈朋友的聚会，那还是得打扮一番。就是因为平日里于宛童已经习惯了素面朝天，连化妆手艺都退步了，平常十分钟的一个妆面，她硬是花了二十多分钟还觉得不满意。

“怎么那么慢啊。”邵渊不满地站在车外挖苦，“我看你化了这么久妆还是跟平时没区别嘛。”

“那说明我妆效自然，你懂个屁。”于宛童自然不甘示弱呛回去。

两人一见面就吵得热火朝天，司机早已见怪不怪，只是笑着朝于宛童打招呼，示意她可以上车了。

于宛童瞪了邵渊一眼，后者虽然不情愿但还是替她拉开车门，等她钻进车里自己才跟着坐上车。

谁知这一幕竟然被刚刚赶回家的陆其琛看在了眼里。

他两只手搭在方向盘上，手指弯曲。

刚刚那辆劳斯莱斯，与之前他和于宛童一起在世家私房菜吃饭的时候，停在路边的车一模一样。

那辆车的主人果然是个男的。

对方的衣着打扮和举手投足的气质，无一不表明着是个在商场混迹多年的成功人士。

于宛童和邵渊的拌嘴在陆其琛看来，又成了一种亲昵的打闹。

陆其琛从裤兜里摸出一根烟来点上，眼看着前面那辆车已经快要消失，便丝毫没有犹豫，一踩油门，连忙跟上。

陆其琛平时不爱抽烟也不爱喝酒，但只要一抽烟，就说明他现在心情很复杂，只有点一根烟来缓解内心的不平静。

他跟着前面那辆豪车一路往城中心的商业区开去，最后在S市最负盛名的某饭店门口停了下来。

那个男人率先下车，于宛童紧随其后，男人走到一半还停下来等着身后的于宛童，直到于宛童挽住他的手臂，两人才走进饭店。

陆其琛眯着眼看了看，随即把烟给掐灭，下车往饭店里走去。

门口迎宾的小哥善意地上前询问是否需要泊车业务，陆其琛还没想好怎么说话，后背突然被人猛地拍了拍。

他一回头，正对上一张熟悉的面孔。

“陆其琛，你怎么在这儿？”

陆父有些惊讶，他知道陆其琛一向不喜欢这种场合，所以在接到邀请后也没给陆其琛打过电话。当然，陆父还是很有自知之明，他这个儿子连见都不想见他，更别说和他一起出席聚会了。

“我……我来找人。”

“找人吗？一起进去吧。”陆父突然想起之前周鹤来看望他的时候，说现在陆其琛的情绪好多了，也没有那么懒散了，生活还是挺积极的。

“周鹤说你找了个女朋友？怎么不带来给我看看？”

陆其琛一心只想看看于宛童跑哪儿去了，闻言便随口敷衍："好，下次带。"

一听这话，陆父心里还挺意外，他都做好被陆其琛奚落的准备了，见陆其琛一直张望着饭店里面，便领着他走进去。

"你既然来都来了，就先进去和那些叔叔阿姨打个招呼，他们都算是看着你长大的，这几年聚会的时候也没少念叨你。"

陆其琛条件反射地就想拒绝，却见于宛童和那个男人往左边的会场走去，他连忙迈步跟上，却被陆父拉住："哎，走慢一些，你要找谁？今天这饭店一楼都被你李叔叔包场给他孙子办满月酒。"

"李叔叔？"陆其琛想了好半天，才想起似乎确实有这么一个人，"所以现在这里的人都是他亲戚？"

"也不全是。"陆父对陆其琛居然主动跟他搭话，有些受宠若惊，便连忙解释，"也有生意场上的朋友，像你爸我就是，还有你邵叔叔、吴叔叔、周叔叔……"

陆其琛抬起手，示意他爸别再说话了。

陆父立马闭嘴，手握成拳放在嘴边轻咳了一声："陆其琛，你到底要找谁啊？"

"等会儿再说。"

和陆其琛同样遭遇的，还有于宛童。

她和邵渊一进饭店，就被邵氏夫妇一手牵着一个，四处去给旁人介绍去了。

于宛童她妈满脸笑容："这是我女儿童童，这是我儿子邵渊。"

"邵太太好福气呀，"不时有贵太太笑着称赞，"童童真是越长越标致了。"

"那是，现在追我们童童的人啊，少说也有十几个呢。"

于宛童暗中捶了捶她妈的腰，她妈这个爱显摆的毛病怎么还没改呢？

"邵渊也越长越帅气了呀，有没有女朋友呀，阿姨给你介绍几个呀。"

邵渊笑着寒暄："阿姨你就别打趣我了，哪家姑娘看得上我啊。"

于宛童没有她哥那么厚的脸皮，能脸不红心不跳地同这群阿姨辈的人聊上半天，还能左一个夸赞，右一个自谦。她现在就想赶紧吃了饭回家，也不知道陆其琛现在到家没有，晚上吃啥。

不过，我关心他干吗呢。

没准儿他现在在和那个富太太吃饭呢。

于宛童心中正和富太太吃饭的陆其琛还是眼尖，在觥筹交错、纸醉金迷的宴会场上，一眼就看见了于宛童。

她此时正站在那个男人身边，挽着那个男人的母亲，朝其他人频频微笑致意。

这都到见家长的环节了？

陆其琛心里顿时冒上一股无名火，他有些气，又有些好笑。原来周鹤说的让他注意竟然是这个意思。

他一直觉得于宛童是个很单纯的人，才会从来不去怀疑她，不去调查她的背景。

正因为他的信任和纵容，才使得她这么无法无天吗？

“哎，陆其琛，走，过去和你邵家叔叔阿姨打个招呼。”陆父见陆其琛一直往邵氏夫妇的方向打量，便拍拍陆其琛的肩膀，推着他往邵氏夫妇的方向走去。

陆其琛只觉大脑一片空白，他还没想好要怎么面对于宛童，怎么听她的解释，怎么反驳她的谎言。

然而还没等陆其琛想好这一切，陆父已经推着他向邵氏夫妇介绍起来。

“老邵，这就是我儿子。没想到吧，当年的小屁孩都长这么大了，之前一直在国外，现在在一个什么工作室当个小设计，说是要积累经验，也不知道有没有学到什么新本事。”

陆父笑眯眯地朝邵氏夫妇介绍着自己儿子，他们两家也算是世交，只是平日里这些小辈忙的忙，玩的玩，见上一面都艰难。

陆其琛见于宛童随着这位妇人的目光转过头来，在看见自己时，双眼瞪大，活像是见了鬼一样。

“是老陆啊！”于宛童她妈笑眯眯地一手牵着邵渊，一手牵着于宛童，“我们家老邵跟你说过吧，这是我儿子邵渊和我女儿于宛童。”

这下轮到陆其琛愣住了。

见两个小年轻像一对愣头鹅，一句话没说，两旁的父母急了，连声催促。这会场上像自家儿子女儿一般岁数的好多都当爹妈了，就剩这两个孩子年纪相仿，能看对眼自然是好的，毕竟两家门当户对，关系也还不错，就看有没有这缘分了。

“小琛，这是童童，邵氏集团的千金，你小时候还见过的，你忘了？”陆父介绍。

于宛童她爸也介绍了一句：“童童，这是你陆叔叔的儿子，以后要接管辰兴的，打个招呼。”

于宛童和陆其琛对视一眼，双双恨不得钻到桌子底下去。

一个小时后，两人坐在桌前，相顾无话。

旁边站着的陆父和邵氏夫妇见状，脸上的表情可谓是惊喜交加，刚刚邵渊给他们三人说了，原来于宛童谈恋爱的对象就是陆其琛。谁能想到呢，这兜兜转转，这两个小年轻还是碰到一起了。

陆父十分开心："老邵啊，以后咱们就是亲家了！"

于宛童她妈笑得合不拢嘴："小琛这孩子我看着也喜欢，老陆你放心，我们绝对把小琛当亲儿子看。"

旁边父母们的交谈一字不落地飘进了陆其琛和于宛童的耳朵，最后还是于宛童有些不好意思，小声嘟囔："你之前为什么不跟我说清楚啊？"

"你也没告诉我啊。"陆其琛也觉得有些难以接受，这整件事的发展全都出乎了他的预料。

"你今天为什么来这儿？"陆其琛反问，"我给你打了好几个电话你都不接。"

"还不是我爸说有个老朋友的孙子满月，让我跟着过来。"于宛童没好气地说，"要是今天咱俩不见面，你还准备骗我到什么时候？"

"那要看你什么时候承认喽。"

"小时候好像我俩还见过，你怎么完全没有印象了？"

"是吗？可能是小时候喜欢我的人太多了，你太平平无奇不起眼了。"

两人对视一眼，又忍不住笑出声来，继而演变成放声大笑，惹得旁人频频回顾。

等笑得差不多了，陆其琛严肃起来，握住于宛童放在桌上的手。

“童童，我之前怀疑你，对不起啊。”

于宛童摇了摇头，笑着说：“我也怀疑你，咱俩扯平了。”

陆其琛伸手点了点她的鼻尖，调笑着说：“既然现在误会解除，好歹也算门当户对，郎才女貌，你要不要跟我回家？”

“那回家我要吃烧烤、小龙虾、章鱼小丸子！”

“都说不用装灰姑娘人设了，怎么不吃大餐料理？”

“你管我！”

两人的打打闹闹看在旁人眼里，又成了幸福和甜蜜的模样。邵氏夫妇和陆父对视一眼，双方都十分满意和欣慰。

陆父想，儿子和童童在一起是一件好事，童童开朗阳光，如果童童真的能够带小琛走出以前的阴影，那可真是再好不过了。

Chapter 08

直男卖起萌来好可怕哦！

自从知道了于宛童和辰兴的小陆总谈恋爱的消息，于宛童她妈每天晚上睡着了都能笑醒。之前虽然也知道于宛童再次谈恋爱了，但并不知道对方的身份背景，听说是个穷小子的时候有些为女儿惋惜，但想着只要女儿高兴就行了，没想到那“穷小子”是熟人的儿子。

老陆是他们认识多年的朋友，虽然陆太太早早去世了，但陆家教出来的儿子，是绝对不会太差的。

“童童，”于宛童她妈见女儿埋头在卧室里找着衣服，好心问道，“你只是回来拿几件衣服吗？你还回来住吗？”

“怎么啦，妈你想我吗？”于宛童头也不抬地整理着衣服，闻言笑着问。

“也不是，就是这几天你的房间有些渗水，你爸找了人周末过来看房子。”于宛童她妈有些为难道。

“是吗？”于宛童有些疑惑地抬头看了看四周，“我没觉得渗水啊！”

“哎呀，反正就是有的。”于宛童她妈连声催促，“估计还要再弄一阵子，反正你现在住的那地方还没退房吧，你就先凑合住几天啊。”

“还要住几天啊？”于宛童有些郁闷，“我那房子没暖气，冬天很冷的。”

“那小陆家有啊，你去小陆家住吧。”于宛童她妈连忙道，“好了好了，就这么说定了，妈等会儿下午还要去和你孙姨逛街呢，不说了。”

“……”

被赶出家门后，于宛童才越想越不对劲，她妈这不是担心她房子没暖气，是想让她早点和陆其琛住一起吧！

和于宛童在一起的日子，总是过得很快，以至于每天上班的时候，一想起于宛童，陆其琛都要止不住地笑起来。

也不知道尹穗找人跟卿山说了什么，一向抠门的卿山居然放了于宛童三天假。不知道现在于宛童和尹穗去哪儿逛街了……

“想什么呢，”临近下班的时候，卿山叫住他，“小陆，过几天有个展会你准备得怎么样？”

陆其琛点了点头：“差不多了，我过几天去 W 市看看那套房子。”

“那我给你放一周假吧，你好好准备。”卿山朝陆其琛挤眉弄眼，

"可以带于宛童一起去哦。"

陆其琛："老大你好八卦哦。"

换来的却是卿山的一顿毒打。

等回了家，于宛童还是像往常一样，做好了饭菜等他。

陆其琛直接从她身后环住她的腰，笑眯眯地说："明天是周末，我们去一个地方。"

"去哪儿？"于宛童有些困惑地转头。

"反正去了你就知道了。"陆其琛神秘一笑。

自从两人坦白身份，相处起来也变得更加和谐，或许是因为有了相同的家庭背景和人际交往的关系圈，两人的话题也变得更多了。

第二天大清早，于宛童被陆其琛从被窝里给拽了出来，半梦半醒地上了陆其琛的车。

陆其琛带于宛童去的地方，是邻省的 W 市，走高速的话，只用四个小时就能到。本来是卿山派他过来考察，但他记得之前他和于宛童还没谈恋爱的时候，有一次他问于宛童最想去哪儿生活，于宛童毫不犹豫地就说出了 W 市。

W 市是典型的江南小镇，青砖粉墙，流觞曲水，时值初秋，已然有了萧瑟之意，密密细雨将这小镇笼罩在朦朦烟色中。

本来就是说走就走的旅行，于宛童和陆其琛两人也没做好准备，连行李箱都没拿，等到了 W 市才发现降温又下雨。

于宛童缩在车里抱着抱枕说什么也不出来，陆其琛撑着车门耐心道："你要是不出来，晚上就不准吃烧烤小龙虾小笼包冒菜章鱼小丸子芒果班戟。"

"不行！"于宛童抗议，"我要吃！"

"由不得你。"陆其琛没辙，只能脱下外套披在于宛童身上，打横将她抱起，径直往民宿走去。

"我自己可以走的……"她被陆其琛的外套裹得严严实实，只露出一张小脸，她一抬头就能看见陆其琛的下巴和上下滚动的喉结。

陆其琛还真好看呀。

不知道是情人眼里出西施还是别的原因，于宛童只觉得今天的陆其琛特别不一样。他没戴眼镜，眼角微微上扬，氤氲风情一片，睫毛扑闪着像是一只蝶，再往下就是微微勾起的薄唇……

陆其琛舔了舔嘴角，于宛童的心就跟着跳动一下。

"你在看什么？"他问。

"没有……"于宛童小声辩解。

陆其琛却没有拆穿她，只是笑了笑，在她的额头印下一个浅浅的吻。

进了民宿大厅，陆其琛也没有将于宛童放下的打算。

“喂——可以放下来啦，别人都看着好尴尬啊。”

“我喜欢。”

为了避开别人探究的目光，于宛童不好意思地将头埋进了陆其琛的怀中。陆其琛见她这副模样，嘴角勾起一抹笑，不再逗她，将她放下，宠溺地捏了捏她的鼻尖，道：“你在这儿等我，我去办理入住手续。”

于宛童耳朵尖红红的，她轻咳了一下，点了点头。

好在来往的人也没有过多地注意到他们这边的动静，过了一会儿，于宛童脸上的热气总算是消下去。没多久，陆其琛就拿着房卡朝她走来，自然地搂着她的肩往电梯间走去。

“陆其琛，你后背都湿了，快去洗澡吧。”

一进房间，于宛童就催促着陆其琛，而她因为陆其琛的遮挡，身上也就只有裤脚处湿了些，为此，她心中有些愧疚。

“乱想什么呢？”

陆其琛仿佛是看出了她心中的愧疚，笑着揉了揉她的头发。

于宛童被他温柔的气息包围，害羞地将他往浴室推。

“你快洗澡吧，等下感冒了怎么办？”

“那就只有拜托你多多照顾我喽。”

已是深秋，外面还在淅淅沥沥地下着小雨，时不时有微风自敞开的窗户中吹进，带来一丝凉意。

于宛童小心翼翼地将窗户关上，又把陆其琛换下的衬衣铺在椅背晾着。他们这次出来得匆忙，没料到这边气温会突降，只随便带了几件换洗的衣服，至于陆其琛刚才拿给于宛童披的外套，早就被细雨浸湿穿不了了。

“你什么时候去看那家户型？”

见陆其琛洗完澡出来，还赤裸着上身，没有避寒的外套，于宛童便笑眯眯地提议：“一会儿雨停了，我们去买件外套吧，别来这儿第一天，就感冒了。而且那房子离咱们民宿也近，干脆提前去看看好了。”

陆其琛点了点头，随手拉起行李袋里一件T恤穿好，然后从于宛童身后环住她的腰：“我好冷呀，要童童的抱抱才能暖和。”

于宛童：“……”

直男卖起萌来好可怕哦！

两人在房间里叫了必胜客外卖，等到午饭用完，外面的细雨也停了。

于宛童环抱着陆其琛的腰身给他取暖，踏出民宿后只觉得外面空气更为清新。陆其琛订的这家民宿的不远处便是一条江，此时已经有商家支起了雨棚，看样子应该是夜市，到了晚上，想必会更加热闹。

于宛童探头看着那些摊位，脑中已经浮现了烧烤的香味，她不由自主地咽了咽口水，不过还是被陆其琛拉着塞进了车里。

“喂——你干什么呀？”于宛童有些不满，小声嘟囔着。

陆其琛轻敲她的脑袋：“别东想西想，不准吃！”

见于宛童眼睛、鼻子皱起来，像个小老头，陆其琛失笑：“先陪我去买衣服，等晚上回来了陪你去吃。”

于宛童坐在副驾驶座上偷偷打量陆其琛，自从知道陆其琛就是陆总的儿子后，她总算能够在他身上找到一些小时候的影子。

陆其琛察觉到于宛童的视线，虽未回头，却微微一笑：“一直看我做什么，是不是更爱我了？”

“我就是觉得你和小时候好像也没什么差别，我怎么就没认出来呢。”

“说明你爱我还不深啊。”陆其琛随手打着方向盘，调侃道，“以后要把缺失的爱都补回来。”

他开着车四处乱转，总算进到城中心找到了大型商场，两人随便进了一家卖衣服的店，也没看价钱，直接找导购拿了一套情侣装。

不用在对方面前伪装身份的感觉真好。

陆其琛结账时，于宛童控制不住地偷偷张望着陆其琛的钱包，果然被陆其琛察觉：“你在看什么？”

于宛童眨了下眼睛，一时之间不知道该怎么回答。陆其琛见她这副模样，弹了一下她的额头：“怎么，还怕我没钱买衣服？”

于宛童干脆实话实说：“哎，陆其琛，你家里不是还有个钱包吗？”

陆其琛愣了愣，很快便苦笑着摇了摇头：“你啊，还真是什么都骗不过你，等会儿我再告诉你。”

……

于宛童顿时想明白了什么，还泄愤似的出手狠捏了一下陆其琛的脸。

“哎哟，痛痛痛！”陆其琛捂着脸哀号。

于宛童被他这样吓了一跳，赶紧伸手揉了揉他的脸：“好了好了，我给你揉揉！”

陆其琛眼中有狡黠一闪而过，他看着于宛童，道：“要不你亲我一下，就不痛了。”

于宛童被陆其琛的话给说得下意识地看了下周围，两人此时已经行至一处人少的地方，往来众人都没有注意到他们。

于宛童能感觉到自己的心脏在扑通扑通跳，但目光接触到陆其琛脸上那道被自己捏出的印子后，她咬了咬下唇，蜻蜓点水般在陆其琛的脸上印下一吻，然后快速转身跑开。

陆其琛被她这个吻撩得也是心脏狂跳不止，他跟在于宛童身后往停车场走去，偏头看她时，猛然发现她的脸也是红通通的。

“童童，下午要去哪儿玩吗？今天就好好放松一天，明天再去看户型。”

陆其琛见于宛童没回答，又问了一遍。

于宛童这次总算是彻底回神了，她想了想，W 市有个水榭她想去很久了，但之前一直没有时间去，现在正好有时间。

“这里有一处水榭，听说很多情侣都会去参观呢，我们也去吧。”

“行。”

下午，W 市出了太阳，被细雨打湿的地面也逐渐干燥，此时微风吹来不带凉意，反倒是柔和舒服。

水榭依水而建，此时水面波光粼粼，还起了雾，在远处看起来缥缥缈缈，两人沿着水榭长廊观赏着，时不时便能碰到几对情侣。

于宛童本来拽着陆其琛的衣服，到了后来就变成陆其琛牵着于宛童的手了。

这座长廊看不到尽头，两边挂满了红色的灯笼，如果是晚上来这边观赏，肯定又是另一番景色。

“哇，真好看哎。”

于宛童趴在栏边，看着湖水，时不时有些鱼浮出水面。看着看着，周围竟然升起了雾气，亭台楼阁，流觞曲水，宛若仙境。

一旁的情侣们都惊呼起来，笑嘻嘻地自拍亲吻，于宛童没有他们这么开放，只能装作不经意地看向湖面。

“这个地方什么都好，就是太热闹了。”于宛童轻声埋怨，生怕打扰了别人。

陆其琛与于宛童离得近，能看到她脸上委屈的表情，他忍不住在她唇上轻轻啄了一口。

于宛童还没反应过来，陆其琛就已经大步离开了。

“走，来这儿看看。”

“你！”

陆其琛看向远处，可惜一片雾蒙蒙，什么也看不到，还不如去江边吃烧烤。

于宛童见陆其琛望着雾蒙蒙的一片出神，心中有些好笑，顿时坏心顿起。

下一秒，她踮起脚亲上陆其琛的侧脸，亲完后，还不好意思地说："还你的，不准在外面亲我！"说完，装模作样地狠狠张了张嘴，露出一对小虎牙。

"就你还想吓我呢。"陆其琛哑然失笑，直接一把拉过她，托着她的后脑勺深深地吻下去，直到她面色绯红，眼神被蒙上一层水雾，他才恋恋不舍地放开。

"不准凶我了。"

于宛童还愣愣的，没从那个吻中反应过来，陆其琛已经拉着她走了好长一截路了。

其实，这个水榭他还挺喜欢的，这种重重叠叠的柱子和窗棂具有拉伸视觉效果的用处，能够使一般的小户型在视觉上得到衍生，从而给人一种大气的感觉。

另外，这种朦胧的雾气也给水榭增添了一丝神秘的美感，在做户型装修的设计时，也该考虑一些生活的情趣，每日的小惊喜和生活的仪式感都是不可缺少的。

陆其琛心里逐渐有了主意，他很少做中式风格的设计，一来是这种太考验经验，二来是中式风格大多千篇一律，要做出亮点来还是挺困难的。

但这次 W 市的青瓦白墙给了他很多灵感，他心里突然有种抑制不住的狂喜。

这一路上于宛童光顾着和陆其琛聊天了，连手机铃声响了好几次都没听见，等她终于想起摸出手机后，才发现手机里已经有了八个邵渊的未接来电。

邵渊那狗嘴里吐不出象牙来，也不知道他今天这么急地联系她是有什么事儿。

于宛童不敢耽搁，连忙给邵渊回了一个电话。

“怎么了？”陆其琛好奇地看了于宛童一眼。

于宛童无奈地笑道：“是我哥，打了好几个电话，不知道是不是出什么事儿了。”

电话接通。

“喂，邵渊，打了八个电话找你姑奶奶什么事儿啊？是不是又闯娄子让我给你背黑锅呢？”

“哎哟喂，于宛童，你别以为你攀上辰兴的小陆总就找到靠山了，看看你跟你哥说话那语气，怎么，翅膀硬了，爱上和我抬杠了？”

于宛童搓了搓自己手臂上冒出的鸡皮疙瘩，毫不客气地反驳道：“小时候你欺负我的事儿，真以为我全忘了？”

“你说这话我就不爱听了，你小时候乱撒尿，每次都撒我床上，我说啥了？”

“得了吧你，也不知道谁都一年级了还尿床呢，尿了就算了，还把锅推在我身上！”

陆其琛在一旁听着忍不住笑出声来，听这兄妹俩斗嘴比听相声都来得有趣。

可能是之前两人都为了掩饰自己的身份，说起话来也是斟酌再三才开口，少了几分随意的快活劲儿。

他也没见过这么随性的于宛童，除了她和尹穗在一起的时候。

看来还是自己对她的关心不够啊。

思至此，陆其琛反手握住了于宛童的手，重重地捏了捏。

——我想以后你和我的每一天，都是这样开心。

意识到自己和邵渊打电话忽略了一旁的陆其琛，于宛童连忙止住了她哥的喋喋不休。

“所以你打电话来是干吗的？”

于宛童生怕这个话题再说下去，邵渊能把她小时候一系列黑历史全都抖出来，便连忙开口将话题扯了回来。

“爸问你什么时候回来，问你想吃什么，他让李姨去准备买菜。妈问你身上钱还够不够，给你打了钱，不够就说。”

“哎呀，没事的，我周末就回去看爸妈，随便吃点什么就可以了。”于宛童连忙挥手，“钱还够呢，上次打的钱还没用完。”

“你不买包和化妆品了？”邵渊奇怪地问，“之前你不是过了半个月就说没钱了吗？”

“我现在在上班了，有钱了。”

还不等邵渊继续说下去，于宛童又说：“好了，不跟你说啦，我手机没电了！”接着，把电话挂了。

邵渊：“喂？喂——”

“你和你家人的关系挺好的。”陆其琛的语气中透着一股微妙的羡慕。

只是于宛童却没有发觉，她不情不愿地道：“我家几辈才出了一个女儿，所以我爸妈都对我挺好的，就是我哥，实在是太不要脸了。”

接着，她又把邵渊小时候的种种“罪行”数落了一遍。

说着说着，她后知后觉地想起父母说过，陆其琛的母亲似乎早已去世，她没有听陆其琛说过任何一件关于他母亲的事，想来这也是他一直不愿意面对的话题。

见陆其琛神色有些茫然，她连忙握住他的手，笑着说："没事儿，以后我爸妈就是你爸妈，每天想吃什么就来我家吃！"

陆其琛见于宛童这个样子，心中一暖。

"你要是有什么想说的，就跟我说好了，别闷在心里。"

于宛童拍了拍陆其琛的肩膀，故作老练，她这副模样让陆其琛鼻头有些酸涩。

"你上次在衣柜里面找到的，其实是我妈妈的遗物。"陆其琛缓缓道，"不开心的时候，我就会看看她的照片，就像她还在我身边一样。"陆其琛闷闷地说，"其实这件事情问题出在我身上，是我过不去那道坎。"

于宛童第一次见陆其琛这个样子，心疼得难以遏制，她紧紧地握住陆其琛的手，希望能给他力量。

"当初我妈重病的时候，我爸他还在外面跑生意，回来看望我妈的次数屈指可数。"

闻言，于宛童多多少少能够猜出陆其琛和他爸的矛盾是什么了，她拍了拍陆其琛的手："你有和你爸说清楚这个事儿吗？你和你爸毕竟是血脉相连的亲人，有什么隔夜仇呢。你妈妈已经去世，要是她知道你和你爸形同陌人，你觉得你妈妈会开心吗？”

陆其琛低下头：“但是，我就是不能原谅他，所以我不想成为他那样的人。”

于宛童暗暗下定决心，她一定要帮陆其琛迈过这道坎。

人的一生中，最重要的还是亲情，爱情和友情没有血脉相连作为羁绊，随时都可能烟消云散，但亲情不一样，这是深藏在骨子里的情感。

正因为她体会过家庭的温暖，才更能理解陆其琛独自一人的孤苦。

从陆其琛的语气中，好似对这件事情很是黯然。

如果一生中有遗憾，那这一生都是不完美的。

她爱他，她必须帮他。

“你不是说要吃烧烤吗，走吧。”

陆其琛收拾了一下自己的情绪，心中累积的郁气似乎因为刚刚将事情说出来后，散去了不少。

“好！我要吃烤脑花和烤茄子！”

于宛童眼睛一亮。

见到她这副模样，陆其琛握住她的手，和她一起向江边走去。

傍晚一来临，夜市就开始了，许多烧烤摊都开始营业了。

陆其琛很少来这种地方，觉得油烟气息太重，但因为于宛童挺喜欢吃烧烤的，他便也习惯了。

两人找了一家看起来比较干净的烧烤摊，陆其琛招了招手，让服务员过来点单。他深知于宛童的喜好，点的菜大部分都是她喜欢吃的，只给自己点了一罐啤酒。

于宛童撑着下巴看着陆其琛，突然问他："下个月的比赛你准备得怎么样了？"

"怎么突然问这个？"陆其琛有些哑然失笑，"害怕我比赛拿不到奖项？"

"不是，我当然是相信你的呀。"于宛童歪了歪头，"但实力只是一部分，还有运气也占一部分呢。"

"尽人事，听天命。"陆其琛伸手捏了捏于宛童的腮帮子，微微一笑，"这次来 W 市给了我挺多灵感的，谢谢你。"

"谢我干吗？"于宛童摸了摸被捏的腮帮子，颇有些困惑。

陆其琛却没有再提这个话题，只是让她多吃一点，然后催促着她回民宿和自己一起看电影。

这种吃喝玩乐的日子也太幸福了吧。

不用在乎策划案有没有通过，也不用在乎设计稿什么时候要上交，不用在客户和施工方中间周旋，也不用为了家里鸡毛蒜皮的小事和爸爸吵架。

最重要的是，能和她在一起。

谈恋爱的时候，总担心时间不够，不能陪伴心爱的人一起散步，不能一起吃饭，不能一起玩乐，恨不得一天二十四小时都挂在对方身上。

要是时间能停在这一刻就好了。

等陆其琛和于宛童回到S市，已是三天后了。

一到公司，陆其琛就进入工作状态，马不停蹄地处理这几天滞留的工作任务。自从公司的一个项目负责人离职，他便被卿山直接提拔到了项目负责人的位置。

他很感谢卿山如此重用他，但心里也在犹豫要不要向卿山坦白自己的想法。

比如，来卿山工作室只是为了丰富自己的经验和阅历，日后或许会另起炉灶。

“于宛童也回来了？”卿山朝于宛童招了招手，“来，你去辰兴一趟，上次合同有问题，你重新去对接一下。”

辰兴？

于宛童眨了眨眼，这公司听起来怎么那么耳熟呢？

她突然想到什么似的，猛然回头看向正在忙着看设计图的陆其琛，见对方显然也是有些失神。

“好，我现在就去吗？”于宛童问。

“对，现在就去。”卿山点头。

于宛童想起之前在宴会上见过陆父一面，他不笑的时候显得有些严厉，笑起来的时候又变成了一个和蔼可亲的老头。

希望接下来一切顺利。

两个小时后，于宛童和陆父在茶室会面。其实于宛童只用和辰兴负责合同的管理层对接就行，然而她却让她爸帮忙安排了与陆父的见面。说是为了合同，其实还是为了陆其琛。

“童童啊，你这次来找我是什么事啊？”陆父一边熟练地清洗着茶具，一边问。

于宛童托着茶盏，小呷一口，这才笑着说：“也没什么事，就是为了陆其琛。”

“小琛？”陆父放下茶具，有些担忧地问，“他怎么了？是不是最近身体出什么毛病了？”

“也不是，叔叔您别担心。”于宛童连忙道，“只是一点小事儿。”

接着，她把在衣柜里找到陆其琛母亲留下的钱包一事，还有在W市的时候，陆其琛对她讲的那番话，一五一十地跟陆父交代了清楚。

于宛童能够感觉到，其实陆父对陆其琛很是关心，只是两人中间始终有隔阂。

而她现在是唯一能够在两人中间架起桥梁的人。

“唉，没想到他还在为那件事耿耿于怀。”陆父扶了扶眼镜，有些无奈，“童童，我看得出来你是真心为陆其琛好，那这件事，我就跟你实说了吧。”

陆父喝了一口茶，神色有些悔恨：“其实当初他妈生这个病，我根本就不知情，因为他妈一直瞒着我，不敢告诉我。当时公司资金链断裂，要是处理不好，辰兴就得破产，公司里上上下下几万人就得玩完。”

陆父接着说：“后来我知道了这件事，各处奔波，为了预约国外专门负责这种病例的医生，大半时间都在飞机上度过，小琛以为我不在乎他妈，怎么可能呢，我和他妈结婚那么多年，公司哪里有他妈重要！”

于宛童心中隐隐有些遗憾，为陆其琛的母亲，也为这父子俩的感情。

“那叔叔你怎么不跟陆其琛说清楚呢？”

“他根本就听不进去，他妈一去世，他就直接去了国外。”陆父叹了口气，给于宛童续上一杯茶，“我也给他解释过，他总觉得我是找借口，是在撒谎骗他。”

于宛童点点头：“其实我能感觉到陆其琛心底对您还是隐隐有些期待的，他知道这是真的，只是他没办法接受罢了。”

两人对视一眼，又陷入了沉默。

最后还是于宛童想到了办法，她一拍手，小声地说出了自己的想法。

眼看着陆父脸上的神色从紧张到舒展，最后展开笑意，于宛童心里也松了一口气。

距离展会的日期越来越近，陆其琛加班也越来越多。

经常晚上十二点才回家，他一到家，于宛童就把晚饭用微波炉热好，给他端上桌来。

“来，多喝点鸡汤，补充点营养。”

陆其琛松开衬衫的纽扣，搂住于宛童的细腰，有些感动：“这几天辛苦你了，我也没能陪你一起下班，还得你自己去买菜。”

“你这说的是什么话。”于宛童笑着说，“我又不是小孩了，买个菜还有什么危险不成。”

陆其琛没有说话，只是把头埋在于宛童的脖颈之中。

“你这几天下了班无聊吗，我没回来陪你。”他瓮声瓮气地说着，热气喷在于宛童的耳旁。

“还好啦，有时候会和朋友们出去玩，也会去找尹穗喝茶逛街。”于宛童撒了个小谎，好在陆其琛并没有察觉。

“你那个展会是不是就是下周？”于宛童笑眯眯地把陆其琛推到餐桌边坐下，好奇地问，“那到时候会不会有获奖发言呀？”

陆其琛失笑：“你啊，还没参加比赛已经在做获奖感言的梦了？要是获了奖，到时候就要去德国展览，这是多少人梦寐以求的啊，怎么可能落到我头上。”

于宛童若有所思地点点头，催促着陆其琛赶快把鸡汤喝了。

“反正不管你得不得奖，我都支持你。”

她的脸红扑扑的，显得很是激动，像只斗志昂扬的小鸡崽。陆其琛觉得好笑，但又不敢拂了她的好意，便揉揉她的头。

“我会加油的。”

这次参赛的设计师是来自全球各个品牌和工作室推荐出来的精英人才。

于宛童早早地就和尹穗坐在了会场里，等待着颁奖典礼。周鹤今天有事，不能参加，嘱咐了尹穗让她多拍些照片。

此时，陆其琛站在第一排的特定位置，于宛童忍不住手心有些冒汗，她拽着尹穗的胳膊，有些担忧："你说万一陆其琛没获奖，他会不会难过啊？"

"不至于吧。"尹穗满不在乎道，"我看他心情还挺好的，挫折嘛，难免会遇到的。"

话是这样说，但于宛童心里还是七上八下，仿佛参加比赛的不是陆其琛，而是她自己。

等主持人介绍完参赛的团队和评委，又是新一轮的作品展示。

尹穗看得直打哈欠，还是于宛童使劲掐了掐她的胳膊才让她回过神来。

"童童，你这么紧张干什么，还没嫁过去呢，就这么替陆其琛着想了啊？"

于宛童懒得辩解，连忙扯了扯她的衣袖示意她看屏幕。

"快快快！拍照！陆其琛的作品来了！"

尹穗手忙脚乱地举起单反相机，也不管三七二十一先拍几张再说。

陆其琛这次的作品主题叫“缘”，走的中式风格，用了中式建筑中很常用的层叠法来增加空间的延伸感，那次水榭中的薄雾给了他新的灵感，他在作品的整个空间中添加了若有似无的光影和犹抱琵琶半遮面的遮拦，使其充满了神秘的美感。

这作品第一次亮相的时候，于宛童就知道这肯定是陆其琛的手笔。

W 市的青砖白墙，楼阁水榭，袅袅青烟，都被陆其琛融入了他的作品之中，单单只看这房间一眼，就能让于宛童回忆起那三天的悠闲时光。

“尹穗啊，你说陆其琛能获奖吗？”于宛童低声喃喃。

尹穗拍了拍她的手背，示意让她放宽心。

“没事的，就算拿不到第一名，第二名第三名也是好的嘛。”

“我就是怕他连名次都没有……”

“你看看你们老大，”尹穗努努嘴，让于宛童看向坐在台下的卿山，“看他一副气定神闲的样子，肯定是胸有成竹了。”

听了尹穗的话，于宛童的心情才渐渐地平复下来，她点点头，握紧了拳头。

时间一点一滴地流逝，在介绍完最后一位参赛选手的作品后，屏幕上终于出现了新的海报主题。主持人款款走上台来，微笑着宣布获奖名单。

于宛童不由自主地握紧了尹穗的手，在听见“Chris，陆其琛”的时候，心里一块大石头终于落了地。

虽然不是第一名，但第二名也是挺好的。

陆其琛第一次崭露头角，就有了这么高的名次。

“是第二名耶！快，我要发给周鹤！”尹穗瞌睡醒了，拉着于宛童一脸激动。

反倒是于宛童冷静下来，还扯了扯她的衣袖让她不要太大惊小怪。

“只是一个第二名，不要太激动，”于宛童故作老成，“等陆其琛以后拿了第一名再高兴吧。”

按照惯例，每个获奖选手都有三分钟的发言机会。

主办方非常人性化地请了每个选手的朋友、家人或者同事来为他们录制，等到选手上台领奖的时候，身后的大屏幕就会开始播放他们的亲朋好友祝福他们的话语。

陆其琛深知主办方的这些套路，想来他们也邀请了周鹤、卿山和于宛童为他录制，已经猜到后续发展的他，便没有像其他选手那样激动。

站上领奖台，陆其琛接过话筒正准备发表获奖感言，身后却传来一道熟悉却又陌生的声音。

“小琛——”

他有些茫然，不可置信地回头，只见身后的大屏幕上突然出了自己父亲的身影。

陆父坐在公司的茶室中，笑着对镜头说道：“你今天能获得这样的名次，我很开心，我更开心的是，你终于找到了自己人生的目标。

“还记得小时候，你就很喜欢玩搭积木，那个时候你妈就说你有天赋。虽然每次我都会挖苦你、嘲笑你，可是——”陆父挥了挥手中的纸，“你每次做的设计图，我全都保存下来了。”说完，他还得意一笑，胡子翘起，像是做了件了不起的大事。

“我想，你妈妈在世的话，要是看见今天这一幕，也会感动得落下泪来，”陆父一边说着，一边取下眼镜抹了一把眼睛，“你要是不喜欢这个家，也没关系。

“但是，我从来没有忘记过你和你妈妈，我拼命挣钱，想要挽救你妈妈的性命，这本来是不值得一提的事，因为一家人就应该这样互相扶持。

“也希望你能原谅我，儿子。”

……

陆其琛都忘了他是怎么从颁奖台上下来的，卿山给他写好的演讲稿似乎并没有用武之地。

恍惚间，他看见台下坐着的好像是他的母亲和父亲，然而他一定神，才发现那不过是卿山和于宛童。

在对上于宛童担忧又期待的目光时，他才终于证实了刚刚的猜想。

是了，这应该是于宛童的主意。

聪明如陆其琛怎么可能还看不出来，这明显就是于宛童得知了他和他爸关系不好，想让他们父子和好的手段。

他的于宛童啊……

陆其琛三两步走到于宛童面前，一把搂住她，给了她一个拥抱。

还没等于宛童反应过来，亲吻已经像雨点一样砸在了于宛童的脸上。

“好了好了，我回避我回避！”尹穗和卿山对视一眼，举起双手，做了个告辞的动作。

卿山无奈地摇了摇头，尹穗则拎着她的小香风包包快步离开，给这两人留下独处的空间。

“那个视频是你拍的吗？”他问。

于宛童见他神色有些奇怪，便试探着开口道：“是……是啊，当时说让我和周鹤还有你们老大一起录一个，我想还是亲人录的视频更珍贵吧。你还在生你爸的气吗？其实我那天去找过他了，我觉得他没有你说的那么冷漠无情啦，有些事可能还是存在误会，你觉得呢？要不，你们找个时间见上一面，好好说说。”于宛童有些紧张地揪着衣角，替陆其琛出谋划策，“当然，你不去也没事啦，这种事儿不是一朝一夕就能解决的，我只是提个建议哈。”

陆其琛没有说话，只是沉默地望着于宛童。

他有多久没回过家了呢？

他自己都快忘了。

其实他知道他爸的那些事，知道当时公司确实是处于生死存亡的关键时刻，法院传票都下发了好几次，一方面是自己重病的妻子，另一方面是公司……

孰轻孰重，要是让他来做抉择，他也不知道该如何下手。

见陆其琛没说话，于宛童以为是自己的擅自做主惹他生气了，便连忙道歉：“对不起，当时你忙着加班，我就没跟你说，想着给你一个惊喜。”

陆其琛还是一句话也没说，径直拉着她往门口走去。

“我们……我们去哪儿？”于宛童脚步匆忙。

“去给我爸买点茶叶送去。”陆其琛虽然冷着脸说话，嘴角却微微上扬，“我也觉得我有段时间没回过家了。”

Chapter 09

我们变成了对方喜欢的类型，也变成了自己讨厌的样子

和于宛童在一起后，陆其琛才得以和父亲解开误会，和好如初。

之前因为母亲的缘故，陆家父子冷战了五年之久，这次好不容易冰释前嫌，陆父自然是喜笑颜开，恨不得直接把家里的一切产业都扔给陆其琛管理。

终于，在陆父的再三恳求下，陆其琛才答应回自家公司帮父亲的忙。

“L-HOUSE”那边，陆其琛早早地就和卿山打了招呼，对方对陆其琛的坦白只是略微有些惊讶，但很快便接受了这一事实，多余的话也并没有说，只是让他以后想继续从事这方面的工作，他随时欢迎。

陆父直接让陆其琛当了经理，和之前朝九晚九的工作时间不同，如今是朝九晚五。

只是陆其琛心中始终有着自己的梦想。

去卿山的工作室也好，当一个小职员也罢，只是想要为自己以后的事业积攒经验，年轻的时候努力一把，最好不给自己留下遗憾。

创业梦在这个时候重新冒头了……

他会和于宛童结婚成家，会有孩子，但他不想永远靠着陆氏集团。

他想当一个有作为的男人，能给于宛童保障，为她遮风挡雨。

只是，他觉得时机未到，便没有在于宛童面前提起。

殊不知聪明如于宛童，早已有所察觉。

这天，陆其琛下班回来，于宛童已经提前在家里做好美食等着了。

陆其琛从卿山的公司辞职后，于宛童也办理了离职手续。

“嗯？什么味道那么香？”陆其琛在玄关脱鞋时就闻到了从厨房飘逸出来的缕缕香味。他将大衣挂在衣架上，扯了扯领带，解放自己被禁锢一天的脖子。

于宛童从厨房探出头和他打招呼：“回来啦？快洗手，我做了好多你爱吃的，快来看看！”

等陆其琛从洗手间洗手出来，于宛童已经摆好碗筷，笑着望向他。

陆其琛挨着她身边坐下，她便殷勤地夹了块辣子鸡给他，准备开始吃饭。

“童童，我想跟你说件事。”

于宛童早就猜到了陆其琛这几天心神不宁的原因，她放下碗筷关切地问：“你最近老是发呆，是有什么心事吗？”

陆其琛沉默半晌，缓缓道：“童童，我想自己出来创业。”

“可是，你爸的公司怎么办？”

“我爸公司的产业不是我喜欢的专业，只会让我更加痛苦和疲惫。”他是真的想创造自己的产业，而不是依赖父亲。

于宛童被他说得有些心动，她也不是靠着家里才能过活的人。

如陆其琛所说，其实她当初出来打工，也不仅仅只是为了和哥哥打赌。

最重要的是，她也想要证明自己能够独立生活，她不想年迈时回忆自己的一生是碌碌无为、一事无成的。

于宛童和陆其琛一拍即合。

“好，如果你真的想做自己的事，我们就该好好干，认真地规划一切，另外——”于宛童朝陆其琛笑着说，“我认为这件事你最好还是和你爸说一声，你们好不容易才冰释前嫌，不要再和以前一样了。”

陆其琛明白她的意思，理解和尊重同样重要，从前的他不懂这些道理，现在他渐渐能够理解父亲的想法，也就不会做出再让父亲难受的事了。

决定好和父母摊牌，两个人开始着手创业的计划，这样和父母谈判的时候能有更大的成功几率。

虽然陆其琛已经回到了他爸的公司帮忙，但还是没有搬出锦绣小区，他依旧和于宛童住在一起，自然只有上班的工作日才能和父亲见面。

他走进父亲的办公室时，却从秘书口中得知父亲已经提前回了家。

“小陆总，您是现在就要回去吗？”秘书小心翼翼地问，“那下午刘总他们的会面，就只有改在明日了？”

“不用，我下班再回去。”

自从和父亲摊牌后，陆其琛逐渐变得有责任心起来，仿佛以前那个懒散的陆其琛只是一个虚幻的影子。

回家之前，陆其琛还专门给于宛童发了不用等他吃饭的消息，没想到仅仅几十秒后，于宛童的语音就砸了过来。

“小陆我提醒你，乖乖地和陆叔叔沟通，要是让我知道你又惹陆叔叔生气，三天伙食取消，白粥伺候！”

于宛童一本正经地威胁着，陆其琛却听着嘴角勾起了笑，回了一张“媳妇妇我最听话啦”的仓鼠表情包，让于宛童彻底没了脾气。

“好啦，快去吧，我等你好消息。”

等到陆其琛一路驱车回家，保姆周姨已经在厨房忙碌了，见他风尘仆仆的模样，不由得有些怜惜道：“小陆回来啦，周姨做的都是你爱吃的，还有什么想吃的尽管提，你看看你，又瘦了。”

母亲还在世的时候，家里就是周姨在帮忙操劳，自从母亲去世之后，周姨对他简直就像亲生儿子一样。

陆其琛和他爸闹翻也有几年的时间了，其中陆续见到周姨的次数也是屈指可数，再次见到周姨只觉恍惚中又回到了曾经母亲还在的日子。

“谢谢周姨，我不挑食，什么都吃。”陆其琛又像想起什么似的，不自在地说，“爸喜欢吃南瓜饼，您再蒸几块吧。”

周姨一听，还有些愣神，很快便反应过来，连忙笑着应下了：“好，我这就去！”

要是夫人还在世，看见这父子俩如今其乐融融的景象，想来又要落泪了吧。

“小陆，你爸在书房呢，你去看看他吧。”周姨一边在厨房忙碌着，一边说，“自从你走了之后，你爸把家里原来打扫卫生的小张也给辞了，说是看她忙来忙去的心烦，那小张和你一般大岁数，其实啊，我们都知道，他是想着你的。”

陆其琛沉默半晌，点了点头：“我知道了。”便迈着大步往书房走去。

周姨说的话让他心里百感交集，有些不是滋味。

走到书房门外，陆其琛习惯地准备敲敲房门，却发现书房门并没有关严实，留了一道缝隙。

透过这道缝隙，他看见父亲正在躬身写着字，身形也佝偻了，头发也花白了，灯光柔和了他的五官面容，再也不像他记忆中那个威严又冷漠的父亲了。

“爸。”

陆其琛轻轻推开房门

陆父见他进来，点了点头：“小陆回来了？”

多日不见的父子，独处的时候，陆父小心翼翼又略带讨好的笑容看在陆其琛眼里，只觉鼻头有些酸涩。

父亲正在书桌前写毛笔字，陆其琛便自觉过去帮他磨墨。

陆父是个很奇怪的人，从来不用现成兑好的墨汁，说是不称手，非要旁人给他砚墨。

小时候是母亲帮他爸砚墨，等长大后陆其琛也帮他父亲磨过一段时间墨，他还记得当时陆父很是满意，说是写字的时候都顺滑了不少。

陆父用毛笔蘸了墨挥笔写下四个大字——海阔天空。

“劲道有力，独有风骨。”陆其琛仔细看了看，便由衷称赞道。

陆父并没说什么，只是洗了毛笔，把那幅字晾在一旁，便引着陆其琛移步茶室。

陆其琛不知他爸这番举动是何用意，但还是帮着拿出他爸喜爱的龙井，先倒上山泉水放在小盅中煮沸。

“说吧，有什么事儿要和我商量。”

陆父了解自己的儿子，从前就不爱和他交流，就算现在冰释前嫌了，依旧不爱找自己聊天，现在回家一定是有什么要事。

水开了，陆其琛熟练地冲洗茶具，放入茶叶进行洗杯冲泡一系列冲茶流程，最后在各自的杯子注入半杯清茶。

“爸，先喝茶吧。”

陆父端起茶杯细细品尝，笑了笑：“不错，最近茶艺有进步，没有以前浮躁了，静心了。”

“爸，我和童童想了很久，还是决定先离开公司，自己创业试试。”陆其琛舔了舔干涩的嘴唇，期待地望着他爸。

其实他这次来找陆父并不是为了得到什么资金上的支持，而是他觉得这对于他的人生是一件大事，理应和亲人一同分享。

陆其琛期待的眼神落在陆父眼里，这让陆父眼眶有些发热，犹记得上一次陆其琛回家的时候，对他敌视得很，不肯好好说话，还气得他心口痛。

没想到短短一年时间，在童童的影响下，这小子竟然能够进步如此之大。

“你还记得我刚刚写的那幅字读作什么吗？”

陆其琛想了想，皱眉道：“海……阔天空？”

“正是，你现在还年轻，正是有一方广阔的天空等你去翱翔。”

其实陆其琛来之前，陆父就猜到一二，儿子有创业的想法陆父是支持的，只是他担心陆其琛还没做好准备，恐怕会遇到挫折。

他清楚陆其琛的性格，这孩子不像其他人，拿了钱开个公司玩玩，而是正儿八经地想要做出一番成绩，在不依靠家庭的情况下。

“小陆，我是支持你的想法的，当时你爸我也是自己创业的，只是这条路不好走，你之前去工作的那家，你也看到了，有时候就连工资都发不起，你要确定你能对给你工作的人保障，给自己保障，才可以动手去创业，而不是仅凭一腔热血。”

陆父所说的陆其琛都懂，他也有认真地想过，创业从来不是一个人的事，他需要对自己的合作伙伴，对自己的员工负责。

但这也不妨碍陆其琛听到陆父这一番话时的感动，他向来不善于和父亲表达自己的爱意。

“爸，我知道了，您放心，我不会打没有准备的仗。”

陆父哈哈大笑，上前拍拍他的肩膀：“很有想法，果然是我的儿子。”

陆其琛第一次看到父亲笑得这么开心，心头一块大石头也总算落了地。

“今天晚上在家吃饭吧？”陆父笑着问，“童童呢？”

“她在家里自己吃吧。”陆其琛看了看手表，估计这个时候于宛童已经到家了。

陆父却突然沉下脸来，让陆其琛有些摸不着头脑。

“你怎么不把童童一起接过来？怎么，我还不能和未来儿媳妇一起吃顿饭？”

陆其琛：“呃，爸，我……”

“快去，等你回来。”陆父推着他出了书房门，“你赶快让老刘送你回去，把陆家儿媳妇给我接过来。”

陆其琛深知他爸做的任何决定都无人能够反驳，便只能认命地穿上外套，往车库走去。

于宛童回了家，正趴在沙发上摸出手机浏览着今天晚上点什么外卖，却听见门外传来急促的敲门声，她拖鞋都来不及穿，光着脚就踩着地毯跑到了玄关。

“你怎么回来了？”一开门，却发现是陆其琛站在门外，于宛童不由得瞪大了眼，“怎么了？你又和你爸吵架了？被赶出来了？”

“不是……”陆其琛还没来得及解释，又被于宛童给堵了回去。

“别沮丧啊，我陪着你，实在不行我去和你爸说，我就不信了。”

“也不是这件事……”陆其琛一把捂住于宛童的嘴，总算清净了。

“我爸说让你和我一起回家吃饭。”

被捂住嘴的于宛童瞪大了眼睛，突然猛地一推陆其琛，转身往卧室跑去。

“喂——你干吗？”陆其琛连忙追过去，一把拉住于宛童，“你生气了？要是不想吃也没关系，我跟我爸说一声就行。”

然而，于宛童却奇怪地望着他：“你在说什么胡话！我生哪门子气？”

“那你跑什么？”陆其琛愣愣地问。

“既然要去和你爸吃饭，当然要换身衣服喽！”于宛童兴致勃勃地从衣柜里拿出几件衣服在身上比画，“小陆，你看到底哪套好看？”

陆其琛看着满床的衣服就觉得头疼，但他也知道要是这个时候随意敷衍她，或者说她不爱听的话，必死无疑了。

“白色衬衣黑色裙子就不错，还有雾霾蓝的大衣就可以，我爸喜欢简约的。”

于宛童勉强信了陆其琛的话，等她打扮完毕后，楼下的司机老刘都在手机上打了五把“欢乐斗地主”了。

才走到家门口就已经闻到了浓郁的饭菜香，周姨已经把饭菜端上了餐桌，于宛童挽着陆其琛的手臂从大门进来，陆父眉头终于舒展开来。

“开饭吧。”

见于宛童朝自己眨了眨眼睛，陆父心领神会。

陆其琛在于宛童示意下给父亲盛饭还夹了菜，陆父微怔一下，把菜吃下去又回了陆其琛一筷子。

“童童和小陆一起创业？”吃完饭在客厅里喝饭后茶，陆父突然问道。

于宛童不慌不乱，点了点头："是啊，叔叔。反正我们还年轻，为什么不去闯一闯呢！"

陆父点点头，语重心长地嘱咐："童童，你们不要操之过急，实在不行就丢给这臭小子，反正这小子抗压能力不错。"

陆其琛都不知道是该哭还是该笑，他爸这是在贬低他还是在夸奖他？而且他才是亲生的吧，怎么感觉被捡到的还不受宠？

在和陆父简单的饭后寒暄完后，于宛童也没有急着走，而是留下来陪老人家下象棋。

多亏了儿时邵渊老是拉着于宛童一起下棋，棋技多少能陪陆父下两把，否则这时候三人只能大眼瞪小眼。

陆其琛则是被父亲赶去书房，把创业的策划书做出来。

"童童，谢谢你啊。"等到陆其琛进了书房，陆父才慈爱地摸了摸于宛童的头，感叹道，"我家那臭小子能有这种改变也是多亏了你，他能有你这么好的女朋友，是他修来的福气。我和你爸也是生意场上见过数面的人了，万万没想到我们的子女还能走到一起。"

随着棋子落下，于宛童以一棋之差输给了陆父，她轻轻把棋子捻进棋盒，笑着说道："叔叔您谬赞了，其实生活中一直都是陆其琛在照顾我、迁就我。"

两人又笑着聊起了家常，但话题无外乎不是陆其琛。

于宛童这才觉得，陆父并非曾经陆其琛口中那般严厉，明明就是个和蔼可亲的老头嘛。

聊天的时间总是过得很快，等于宛童无意瞥见墙上的时钟，才惊觉已经十点了。陆其琛也刚好从书房出来，把赶出来的策划书交给父亲。

"爸，你先看着，我先带她回去了。"

"好，"陆父朝于宛童招招手，"童童，要是这小子欺负你，你就跟我说，不用你爸出面，我先收拾他。"

"好！谢谢叔叔！"于宛童朝陆父笑了笑，眉眼弯弯。

从陆其琛家里出来，街上行人已经稀稀拉拉没几个了，于宛童的心却雀跃不已，像是随时会爆炸的小烟花。

"我要吃烧烤！"

"不行，半夜吃烧烤对身体不好。"陆其琛连忙出言阻止，自己却忘了曾经是谁天天外卖度日。

于宛童哼了一声："我今天很高兴，要奖励自己吃顿烧烤。"

陆其琛无奈，只能妥协："好吧，就这一次，下次可不行。"

夜市就有烧烤，平时陆其琛和于宛童倒是很少光顾，虽然陆其琛一直阻止于宛童吃烧烤，但是真的到了摊位，他却是拿的比于宛童还多。

于宛童递过去一串炸土豆，含混不清地问："你想开什么公司呀？室内设计吗？"

"是。"陆其琛想了想又道，"做自己喜欢的行业总比陌生的容易适应。"

"好啊好啊！那我也要帮忙！"于宛童连忙道，"我想做前台，也想做后勤！哈哈哈，夫妻搭配，干活不累！"

陆其琛对于于宛童这种三心二意的想法早就已经司空见惯，也就任由她异想天开地做着白日梦。

她还是他心中的那个小女孩，眼中有着最纯粹的温柔。

今日是周鹤值夜班，偌大的医院里只有几位医生走来走去。尹穗熟门熟路地进了电梯，按了周鹤所在科室的楼层，拎着保温桶踮着脚尖小心翼翼地朝他的门外走去。

房间里的周鹤正在认真地看着病历，时不时托一下下滑的金边眼镜，他向来喜欢穿衬衫，总是把衬衫的纽扣扣得严严实实，外套一件白大褂，显得清冷又禁欲。

“要是想进来就别在外面站着了。”周鹤头也不抬地翻看着病历，话却是对着门外的尹穗说的。

“你怎么知道我在门外？”尹穗从门外探头进来，被拆穿了还要撒谎遮掩一番，“我是刚刚才到的，你以为我是在偷偷看你啊。”

周鹤把病历写完放下笔，摘下眼镜随意放在一旁，按压眉心，有些疲惫道：“你那点小把戏我还不知道？进来吧。”

得到批准的尹穗踩着高跟鞋，有些不自在地拿出藏在身后的东西：“给，来自女朋友的爱心便当，感动不？”

明明是个御姐长相，却在做这些事的时候可爱得很，周鹤忍笑，招手让她过来。

尹穗过去后自觉抽了纸巾垫在桌子上才把便当盒放下，打开盖子：“我专门给你做的小鸡炖蘑菇，青椒炒肉，油花菜，”她打开最下层的不锈钢盖，里面是雪白的鲫鱼汤，“还有鱼汤，都还热乎着呢。”

她这男朋友啊，也太洁癖了，尹穗用纸巾擦干净餐具的时候一直在心里吐槽。

但是没办法，谁让他长得好看呢！

尹穗有些生气，气自己见色忘义，没有原则。

“发什么呆呢，你也喝。”周鹤给她盛了碗鱼汤，瞬间让尹穗忘了前面的怨念。

人啊，真的是太容易满足了，一点小恩小惠就能被打发干净。

尹穗顺手给周鹤夹了一筷子菜，等到夹起来后才后知后觉想起周鹤有洁癖，不喜欢用别人的东西，正准备放回自己碗里，却见周鹤直接伸过头来张嘴吃下。

尹穗：“！！！”

周鹤：“？？？”

“不是，你怎么就吃了啊？”尹穗还愣愣的样子，“你不是有洁癖吗？这是我的筷子呀！”

“这有什么，”周鹤瞥了她一眼，“筷子又怎么了，你身上我哪儿没吃过。”

尹穗红着脸作势要打周鹤，被周鹤一把握住手腕，动弹不得。

眼看着男人的面容越来越近，尹穗一张脸顿时红得滴血，连呼吸都不由得急促起来。

“周医生——”

门外突然传来一道女声，一位身材高挑的女人站在门外，朝周鹤眨了眨眼睛：“你现在方便吗？我有事要跟你说。”

尹穗连忙从周鹤身边起来，背对着周鹤理了理衣衫，然而余光却一直打量着面前这个女人。

女人身材高挑，肤色白净，要是不当医生，进娱乐圈发展也是有可能的。

女人特有的直觉告诉她，这个女人和周鹤有关系。

她朝周鹤投去询问的眼神，后者却垂下双眸没有对上她的目光。

“那这样，出去说。”

像是怕尹穗会跟来偷听一般，周鹤和这女人走进旁边的一间房间，顺手关上了门。

尹穗心中突然止不住地打鼓，深呼吸几口还是跑出科室，拉住护士台的一个小护士问道：“刚刚那个女医生是谁啊？”

她经常来周鹤的医院送吃送喝，小护士们早就和她玩熟了，见状便笑着说道：“那个是夏医生，是我们医院最年轻的女主治医生。”

“她和周医生关系好吗？”尹穗有些吃味，说完还恶狠狠地瞪着小护士们，“你们最好给我老实交代哦，平时我对你们好吧，给你们买奶茶买炸鸡，别骗我哦！”

几个小护士相互看了几眼，其中一个年纪最小的女生小声说：“我觉得夏大夫应该是喜欢周大夫的吧。”

“你这么一说我也觉得，好像每次中午吃饭的时候，夏医生都要挨着周医生一块儿坐。”

“我上次还看见他们一起下班了呢。”

果然，尹穗心里有了答案。

周鹤又年轻又能干，这些小妖怪都把他当成唐僧肉了呢！

她尹穗看上的人也敢动？

等到周鹤和那夏大夫从小房间出来，尹穗便冷着脸一把拉过周鹤回到他的办公室，没好气地说：“你们刚刚聊什么呢？”

“没什么啊。”周鹤轻咳一声清了清嗓子，“时间不早了，我还要值班，你要不先回去吧？”

尹穗见周鹤的目光有些躲闪，便笑了笑挽着他的胳膊说：“上次于宛童说这周要和陆其琛一起去秋山看雪，我们也一起去吧。”

“这周可能不行。”周鹤有些无奈地说，“周末可能要和小夏一起开个会。”他又揉了揉尹穗的头，叹了一口气，“还有你啊，之前不是说了要出国留学吗？怎么到现在还没开始准备？夏大夫和你一般大岁数现在都已经是国内有名的导师了。”

“小夏是刚刚那位大夫吗？”尹穗却没有回答他的话，而是抛出了另一个问题。

周鹤愣了愣，随即点点头：“是啊，怎么了？”

“那好吧，你和她玩去吧。”

尹穗心中突然生出一股无名火。

“还有，周鹤我告诉你，我就算不去留学也没有关系，我爸的产业迟早都是我的，我就是不学无术，我就是纨绔子弟，你要是觉得我配不上你，那你去找个配得上你的好了！”

说完这些话，尹穗一手拎着链条包，踩着她那十厘米的高跟鞋气冲冲地离开了科室。

本以为周鹤会追上她道个歉，然而直到她都快走到停车场了，身后也没传来熟悉的脚步声。

已是深夜，瑟瑟的冬风席卷而来，冻得尹穗打了个寒噤。

也是，像他那么有理智的人，怎么会做出恋爱中其他男生的幼稚举动呢。

摸出手机想看看周鹤有没有发来什么问候短信，然而除了快递信息什么都没有。

她不死心，还是咬了咬嘴唇给周鹤回了一条消息：

“我先回去了。”

很快，周鹤便回复了消息：

“好的，注意安全。”

尹穗把屏幕上的那几个字翻来覆去看了好几遍，终于确定周鹤根本就没有把她生气的事儿放在心上。

谈恋爱是这种感觉吗？

她尹穗谈过那么多场恋爱，哪场不是对方哄着她依着她，她要是皱皱眉头，对方便会想着千百种方法让她开心。

怎么到周鹤这儿，反倒成了她是委屈的一方了？

来医院之前的心情是欢欣雀跃，回去的心情却是低落沉默。

尹穗回到家，连话也不想说，径直扑到床上，用被子蒙住自己。

她看于宛童和陆其琛谈恋爱的时候真甜蜜啊！

以前那些男朋友总是讨好她让她觉得烦闷，好不容易遇见周鹤这么一个不因为钱和她在一起的男生，久违的新鲜感让她沉醉其中。

她却没想过真真正正地去了解对方的为人，去走进对方的世界。

谈恋爱是只凭好感就能拥有的吗？

她这才发现自己从开始第一步，似乎就走错了。

尹穗以手覆面，虽然心中有百般情绪但还是忍不住宽慰自己。

——你不要多想，周鹤是什么人你能不知道吗！他就是一个直男脾气，循规蹈矩，他让你去准备学业是担心你，是爱你呀！

——他不会喜欢上那个夏大夫的，陆其琛说了，他要是做了什么对不起你的事，他们夫妇俩不会放过他的！

给自己打完气，尹穗的心情终于好了一些，她挣扎着从床上爬起来朝浴室走去。

只是内心的猜疑自始至终因为内心的软弱而骚动着，埋下了种子。

得到父亲的认可，陆其琛总算可以开始着手准备创业的事。为了能和陆其琛一起准备他的事业，于宛童也在寻找着和自己父母坦白的时机。

虽说公司现在大部分已经交给了邵渊打理，但于宛童爸妈还是想兄妹俩一起经营，毕竟是家族企业，万一日后闹了矛盾不好收场。

“怎么了？刚回家还没十分钟呢，就开始想你男朋友了？”邵渊坐在一旁嗑着瓜子，啧啧称奇。

他明显看出了于宛童心神不宁，一定是有事儿求爸妈帮忙。

于宛童从小就和邵渊过不去，两人只要一见面就绝对吵架。

“怎么了，我总比有些人好吧！半截身子都快入土了，还没谈过恋爱呢。”于宛童斜斜睨了他一眼，讥诮道。

“我没谈过恋爱？”果然，邵渊气得发笑，“我谈恋爱的时候你这丫头还没出生呢！你哥我小学的时候就是班里的班草了！”

“哟，小学的事儿都好意思说，那你怎么不说你是产房里最帅的崽儿啊？”于宛童冷笑着。

“嘿，于宛童你这几天是不是离开家太久翅膀硬了啊——”邵渊撸了撸袖子，做出要打人的姿势。

于宛童爸妈正好从楼上下来，见此情形，两眼一瞪：“邵渊，多大的人了，还欺负妹妹，像话吗，啊？”

邵渊连忙跑向爸妈告状：“爸，跟你说个大事儿，于宛童翅膀硬了，要自己出去单干了！”

“什么意思？”于父年纪大了，大脑还一时有些转不过弯来，“童童你要干吗？咱们家世世代代经商没走过邪门歪路，你别做出什么错事啊！”

“爸，你别听邵渊瞎说！”于宛童起身把邵渊推开，有些不好意思地说，“我想和陆其琛出来创业。”

“创业好啊。”于母还以为是什么大事儿呢，一听这话，心头的石头落了地，随意道，“反正你爸公司西南片区还差一个负责人，你干脆成立一个子公司去带那边的业务吧。”

“妈，她就是不想和咱家有关系，你看这小丫头片子心多野啊！”邵渊在一旁碎碎叨叨补充道。

于宛童瞪了他一眼，解释道：“陆其琛想开个设计公司，前两天他已经和他爸说清楚了，这两天已经开始着手去做准备了。”

“那跟你有什么关系啊？”邵渊又跑出来拆她的台，“你手不能提，肩不能扛，反应还比别人慢半拍，财务报表到现在都不知道怎么看，你去干吗，给陆其琛做饭？”

于宛童：“……”

她算是服了这个哥了，邵渊这人嘴怎么那么多话呢！

“哎，童童，那你是准备去帮陆其琛了哦？”于母出来打圆场，笑眯眯地问。

于宛童撑着头，想了想又道：“他刚刚起步，需要用人的地方还多着呢，虽然我什么都不会但是我可以学嘛，而且他一个人太辛苦，我还可以帮忙做做饭什么的。”

“爸妈，这就叫嫁出去的女儿泼出去的水啊。”邵渊摇了摇头，做痛心状，“你看之前咱们让于宛童进公司，她说她什么都不会，只会吃白饭，啥事儿都不做还月月领工资，一到陆其琛那儿就开始学着做事了，爱情的力量好伟大哦。”

于母敲了敲邵渊的头，这小子，自己妹妹不回家的时候话少得可怜，怎么妹妹一回家就变成话痨了？

“这也不是不可以。”于宛童她爸终于发话了，他取下眼镜仔细擦了擦，又缓缓戴上，认真道，“如果你和陆其琛是真的想做出一番事业，那就希望你们好好准备，而不是像其他人一样，公司开不下去就申请破产，留下一堆烂摊子让爸妈处理。”

“我知道啦！”

于宛童笑得眼睛眯成一条缝，能得到她爸的肯定，说明这件事儿就成功了一大半。虽然陆其琛说不需要她爸妈和陆父支持，但是前期肯定需要一部分的人际关系，只要走上正轨，那什么都好说。

既然父亲答应了，于宛童便正式开始了和陆其琛一起的创业生涯。

公司选址就选在了城中心的商业区，陆其琛的启动资金并不多，但是一个好位置除了彰显门面，更重要的还是员工的交通便捷和工作氛围。在经过两人深思熟虑后，公司名称以及规模大小已具雏形。

周一下午，阳光明媚，暖阳高照。

于宛童把公司里里外外打扫了一遍，总算能够有时间泡杯清茶休息片刻。

“喂，穗姐啊。”熟悉的手机铃声响起，于宛童停下手中的笔，笑嘻嘻地接通了电话，“是不是约我出来喝下午茶？我跟你讲，陆其琛这个公司在城中心这边，以后我们可以每天下午约了！”

“是吗！那很好啊！陆其琛呢？也在你旁边吗？”

于宛童头一歪夹住手机，另一只手开始记录等会儿要采购的文具：“陆其琛去弄公司注册的事，等会儿才回来。”

话筒那边沉默半晌，才开口道：“那我现在过去找你不会影响你吧？”

于宛童终于听出了尹穗的不对劲，连忙道：“你直接过来吧，我都在公司。”

“什么？分手？”于宛童在听完尹穗的话后，有些愣住了，“不会吧？我觉得你们感情挺好的呀？”

“怎么可能，他这都一周没和我说话了。”尹穗撑着头，有些郁闷。

“你误会别人，周鹤还不能生气吗？”于宛童宽慰道，“至于那个夏医生，我觉得就是你想多了，不可能的，周鹤不是那样的人。”

“但是——我觉得很不对劲呀。”尹穗连忙掏出手机点开微信，递到于宛童面前。

“你看，从一个星期前开始，我和他聊天明显变少了，好几次我发的消息他都隔很久才回复，我本来以为他是忙了，可是你看。”尹穗滑着屏幕，“回话从以前至少五个字，到现在不是嗯就是好，一点交流都没有。”

于宛童没话说了，但还是劝道：“可能是最近他们医院比较忙吧，或者是他最近遇见什么烦心事，情绪低落才不想和你多说些什么，怕把情绪传染给你吧。”

尹穗冷哼一声开口道：“我之前也是这样想的，上次我招呼都没打直接就去了医院想看看他到底在忙什么，结果！看见他和那夏医生聊得可开心了！和我在一起都没有这么开心过吧？”

“那个夏医生？”于宛童问，“比你好看比你有钱吗？”

“比我聪明吧。”尹穗捶桌，“不就是个什么博士嘛，有什么好显摆的！”

于宛童若有所思：“所以你最近开始专注学业就是为了这个？”

尹穗脸都红了还装作不在意：“也不全是，我本来就要出国留学的。”

于宛童笑了笑：“你就别死鸭子嘴硬了，有什么话和周鹤说清楚就好了嘛。小情侣之间吵架很正常的，我经常和陆其琛吵架呢。”

“忒没劲，还要童童教育我。”尹穗撑着头，幽幽叹了一口气，“我也想找他说清楚，但他总说最近太忙，我就觉得他是不是在和那个夏医生约会呢。”

“你要是怕那夏医生，我就陪你去。”于宛童仗义执言，拍了拍尹穗的肩膀，“我帮你去会会她。”

“那一言为定！”

“一言为定！”

此时，周鹤正揉着眉头，无奈地和陆其琛商谈着："所以你帮我想想我到底要怎么给她解释。"

“你就直接跟尹穗说你要去非洲参加救援队啊。”陆其琛皱眉问，“这有什么好说不出口的？”

“你又不是不知道她那脾气，她准我去那么远的地方？”周鹤失笑，“说不定她自己还要包专机飞过来和我待在一起呢。”

这事儿可有些棘手。

饶是陆其琛，也没想到解决办法。

“要不然这样，你去和你们救援队队长说一声，你就不去了吧。”陆其琛想了想，试探着问。

“不太好吧，”周鹤沉吟片刻，又道，“名单都报上去了，但是听说也可以选择一年的，我等会儿问问夏医生，看看能不能改一下。”

陆其琛低头看了一眼手表，一点半。

现在是中午午休时间，两点就是周鹤的上班时间，他待会儿下午还要为新公司跑事儿，没那么多时间陪周鹤耽误。

“干脆现在就去吧。”

好巧不巧，陆其琛和周鹤这头正在往科室走去，后脚于宛童和尹穗就已经到了医院大门外。

于宛童自从和陆其琛坦白身份后，出门也没必要再化妆成清纯女大学生，她和尹穗一人穿着十厘米的细高跟鞋，涂上艳丽的口红，光是往医院门口一站，就不像来看病的，有点像来找碴的。

“那医生叫什么名字。”

“好像是姓夏吧。”

两人一路快步往周鹤的办公室走去，还没来得及走近，只见旁边的检查室门外站了一个人，熟悉的身高、熟悉的身材、熟悉的样貌……

"陆其琛？"于宛童三步并作两步跑到他面前叫住他，"你在这儿干吗？"

"童童？"正在望风的陆其琛心里"咯噔"一下，也有些惊讶，"你来看病？"

"我和尹穗来找周鹤。"于宛童见他挡在门外，不禁疑惑地问，"你看见他了吗？"

"呃……他、他在里面说事儿呢。"陆其琛搂过于宛童的肩膀，好说歹说地想要把她劝离开来，"等会儿他就出来了哈，你先在外面等等，别进去。"

尹穗见状，深吸一口气才迫使自己冷静下来。

"周鹤和谁在里面？"

"呃……"陆其琛面对于宛童一个人就已经头大了，这还有尹穗，简直是折磨他，"就、就周鹤和他们主任一些，几个人吧。"

"你撒谎。"尹穗沉下脸来，"小陆，我也不是胡搅蛮缠的人，我看在于宛童的面子上，再问你一次，里面有谁？"

陆其琛眼巴巴地望着于宛童，希望自家媳妇能出面救他一命，然而于宛童只是拍拍他的肩膀，严肃地说道："好好说话。"

"就……夏医生。"陆其琛已经在心里开始痛哭了，兄弟对不住了，要怪就怪敌人太强大吧。

“但是！但是！”陆其琛关键时刻还是知道帮周鹤说话，“你们放心，他们只是在聊工作上的事，等聊完周鹤会单独跟尹穗说的！”

“陆其琛你过来。”于宛童朝陆其琛招了招手，“这是尹穗的家事，你别在里面瞎掺和。”

“我——”

陆其琛话还没说完，尹穗已经迈步走了进去。

“你为什么不告诉她？”

“现在还不是时候，我怕她承受不住。”

“她不会多心吧？”

“没事，她这几天忙着她出国的事儿，分身乏术。”

“其实我挺羡慕她的，有你这么一个体贴的男朋友。”

……

里面的检查室还有一道布帘，尹穗就站在帘外听完了两人的对话，直到这两人一前一后从帘子里面走出来，见到她后都不免有些惊讶。

然而，尹穗只是面无表情地朝夏医生点点头，算是打过了招呼。

“周鹤，我有事想和你商量一下。”

夏医生见气氛有些不对劲，借故匆匆离开了现场。于宛童和陆其琛也隐约觉得事态有点不对劲，正准备劝几句，却见尹穗朝他们挥挥手，示意他们离开。

等到围观的人都离开了，尹穗才缓缓道："我想跟你说两件事。一、我下周就要出国了。"

"好，"周鹤叹了口气，问，"怎么这么快？"

尹穗却笑着摇了摇头："这就是我要跟你说的第二件事。以后我的所有事儿，都和你没关系，你也不用再过问了。"

聪明如周鹤，怎么会没听出她话语里的深意，见状只是微微皱眉："好了，别开玩笑了。"

"我没有开玩笑。"尹穗心中也酸楚得厉害。

"之前我们刚刚在一起的原因，不过是因为在于宛童和陆其琛家里认错了人，互相撩拨而已，这只是单纯的荷尔蒙在作祟，并不是心动的感觉。

"你也根本不了解我，同样，我也根本不了解你。

"我们都不是对方圈子里的人，为了你，我再也没有去酒吧，没有去派对，你也为了我，放弃了你的学术研讨和你的实践机会。

"我们都变成了对方喜欢的那种类型，却也都变成了自己讨厌的样子。

“这根本就不是恋爱。”

周鹤却并没有反驳她，而是静静地听她说完了一席话后，才轻声问：“你和我在一起的时候，一直就不开心吗？”

尹穗一愣，条件反射地就想否认，但这样一来，她刚刚说的那一切就都没有了意义。

“是，”尹穗苦笑着说，“一点也不，我很累，每天都累。”

“原来是这样。”周鹤突然叹了口气，像是一瞬间被抽空了所有力气。

尹穗从没看见过这样一种失落交杂着委屈的表情出现在他的面容上。

在她的认知中，周鹤应该是清冷的、高傲的、自负的。

而不是同现在这样，像个被抛弃的孩子。

不过事已至此，双方都没有反悔的机会了。

“那再见，周先生。”

尹穗疏离地朝周鹤笑了笑，转身想要快步逃离这个地方，她怕她再慢几步，眼泪就会控制不住地涌了出来。

“你——”周鹤突然开口。

尹穗停住了脚步却不敢回头，然而心里却仍怀有一丝侥幸，期待周鹤的挽留。

“希望你以后每天都快乐，每天都要更快乐。”

Chapter 10 你愿意住在我的心里吗？

一年后，陆其琛的公司终于步入正轨，于宛童也放弃了邵氏的位置，甘愿和陆其琛一起住在锦绣花园的一套两室一厅的小房子里。

除了每日上下班，两人闲暇时候会一起去逛超市，去小花园散步，去健身房运动。

一切的一切都是那么普通却又甜蜜。

就是这几天于宛童觉得陆其琛有点奇怪。

似乎有什么事儿瞒着她。

自从有了尹穗和周鹤的前车之鉴，于宛童对陆其琛的一举一动都异常关注。如今尹穗去了澳大利亚，周鹤在半个地球另一边的非洲，两人隔了几个大洋，能见上面才是奇迹。

不过听尹穗的口气，似乎也并没有觉得有什么遗憾。于宛童了解尹穗，即便她心有不甘却依旧会给自己穿上坚硬的伪装。

等到了下午吃饭的时候，陆其琛也没出现，虽然最近公司业务繁忙也是可以理解，但于宛童还是有些失落，她想给陆其琛打个电话，又害怕影响到他开会，最后只能作罢。

正纠结的时候，邵渊打电话过来了。

他不知道在干什么，背景音吵闹得不行，于宛童半听半猜才问出来，他居然要她去参加一个商业伙伴的婚礼。

“我又不认识，为什么非要我去？”于宛童很是莫名其妙。

“你来了就知道了，怎么问题那么多呢。”

电话里吵吵闹闹的，只说让她回家打扮一下，别给他们邵氏丢脸，于宛童一向拿她这个哥没辙，只能先回去梳妆打扮等着她哥来接她。

一回到家，于母早就在门口等着了，见她回来连忙招手：“童童，快过来啊，时间不够了！”

“又不是我结婚，随便换身衣服就行了嘛。”于宛童拗不过她妈，还是迈着不情愿的步子走了过去。

谁知道房间里早就围满了人，见她进来，几个女人蜂拥而上围着她给她换衣服。

“等等——这是要干什么？”于宛童彻彻底底蒙了。

于母笑眯眯地说道：“童童啊，我觉得这条裙子不错，你觉得呢？”

既然是母亲选的，于宛童也拒绝不了，穿上了那件素白得很像婚纱的裙子，在母亲面前转了两圈。

这就结束了吧？

于宛童还在想，不料到下一秒就被按在椅子上，一群人拿着化妆品围着帮她化妆。

有于母坐镇，于宛童像只乖顺的小猫咪，连挣扎都不敢挣扎地任由他们在自己脸上“动手动脚”。

两个小时过去了才结束，于宛童看到镜中的自己都不敢相信了，有必要这么用心打扮吗？

头发随意地被卷发棒卷出优雅的弧度，干枯玫瑰色的眼影更是给她增添了一丝优雅的气质，勃艮第色号的口红衬得整个人肤白胜雪，一身修身白色鱼尾长裙在她的腰身下散开成柔和的浪花。

镜子里的女孩是不同于往日的美丽，于宛童有些傻愣愣地问：“又不是我参加婚礼，我这不是喧宾夺主？”

“那你先在这儿等一会儿，我去看看你爸忙完没有。”

随着于母的离开，房间里其他人也走出门去，刚刚还吵闹无比的卧室突然又只剩于宛童一个人。

无聊之下，于宛童坐在床上左瞧右看，怎么越看越觉得不对劲呢？

这还是她的卧室吗？床头金灿灿的帷幔，红色鸳鸯被，随处可见的玫瑰花，还有空中若有似无的香薰。

她不就一天没回家嘛！

谁把她的卧室弄成这样了！

不知道的还以为有人要来求婚呢！

不对，求婚？

于宛童脑海中突然隐隐约约浮现出一个奇怪的念头，还没等她慢慢地把这根线给捋清楚，只听门外传来轻轻的敲门声。

“请问于宛童小朋友在吗？”

“在！”于宛童倒是一下子就听出了这是陆其琛的声音，转而便把刚刚的脑洞扔在一旁，笑眯眯地大声回答道。

随着房门被推开，一道人影出现在于宛童的面前。

陆其琛穿着一身笔挺的深色西装，干净利落的发型，手里还拿着一束花。他目光深沉，仿佛有一片温柔的海藏在其中，而于宛童就在那片海的中央。

男人慢慢踱步，来到她的面前。

陆其琛举起那束花，微微弯腰，在她耳边轻声说道："陆其琛想娶于宛童，请问于小姐答应吗？"

即使多少能猜到一点，然而在这样的氛围中，于宛童还是不免心跳如鼓擂，她捂着嘴有些结结巴巴："我、你……不是，为什么这么突然？"

她激动得都有些语无伦次了，眼中也渐渐泛起了点点泪光。

陆其琛心中顿时变得柔软起来，他温柔地笑了笑，打开手中的小盒子："这是我给你准备的。从很久前，我就希望你能被我给圈起来，成为我的合法妻子，与我共度余生。

"你原来问我，最想设计一套什么样的房子，我一直没找到合适的答案，现在我想告诉你，我将用余生为你搭建这世上最完美的房间，我将永远爱你，保护你，关心你。"

陆其琛单膝跪地，虔诚地把那枚装了戒指的小盒子递到于宛童面前："你愿意住在我的心里吗？"

这完全就是暴击！她根本拒绝不了，也不想拒绝。

她颤抖着伸出手，向陆其琛传达愿意的讯息。

陆其琛这会儿倒是没那么镇定了，起初先是一愣，随即狂喜起来，抱着于宛童转了几个圈，于宛童也跟着开怀大笑。

“好了，好了，快放我下来。”于宛童觉得自己有些晕了，捶着陆其琛肩膀才让他停下来，小两口在床边坐下说私密话。

谁知话还没说到一半，只见房门被一群人撞开，为首的赫然是一年没见的尹穗。

尹穗的气质早已沉淀下来，变得优雅知性，不复之前的狂野外露。

于宛童还呆呆愣愣，原本以为这只是陆其琛串通她爸妈给她的惊喜。

然而看见尹穗身后的那群人，有陆其琛的好友，也有她的闺蜜们，几乎两人所有亲密的伙伴都悉数到场。

“要更多人见证才行，陆太太。”陆其琛凑到于宛童的耳边轻声哈气，带着蛊惑的味道。

于宛童的耳根子通红，被邵渊看在眼里，连忙来凑热闹：“亲一个！亲一个！亲一个！”

被邵渊这么一捉弄，羞涩的于宛童就想挥拳揍她哥一顿，却被陆其琛给握住：“哥说得没错啊，你干吗打他？”

“还没举行婚礼呢，你倒是改口挺快啊！”于宛童气得想笑，现在连陆其琛都和她哥一头了！

尹穗捂嘴打趣："有什么好害羞的，都是夫妻了，这事不是很正常吗！"

"对啊对啊，难不成你们还想谈柏拉图式的恋爱啊。"有人插嘴。

另一个人附议："就是啊，男才女貌的亲一个让我们羡慕羡慕。"

于宛童耳根子已经红得快要滴血，仅仅只是和陆其琛对视一眼，便败下阵来。

算了，亲就亲吧，让他们羡慕死。

陆其琛笑了起来，他揽着于宛童的腰肢，让她靠在自己的臂弯里，慢慢凑近，低头吻住了她花瓣似的嘴唇。

这不是第一次接吻，但绝对是陆其琛印象最深刻的一次。

他的头脑一片空白，只有怀里的女孩是真实的，他的于宛童，终于要成为他的新娘了。对方的呼吸喷薄在自己的面颊上，这是缱绻的呢喃。

等到于宛童被陆其琛放开来，都快要喘不过气，整个脸因为充血艳若桃花，陆其琛见状，轻轻捏了捏她的鼻尖："晚上再继续。"

这句话听在众人眼里，又是另一种意思。

陆其琛的这场求婚仪式没有弄得尽人皆知，只是叫了双方的亲戚好友在家中一起热热闹闹地玩了玩。

为了这次求婚，于母还专门找人定制了相应的餐具和甜点，在别墅外的小花园中用蕾丝轻纱和羽毛气球布置了一番，随意却又不失活泼。

经过那番求婚，已是暮色四合，邵家准备了晚宴，就在邵家后院的花园里。

来往宾客穿梭其中，有朝这对新婚夫妇打趣的，也有借机向邵氏和陆家谈生意的。尹穗见于宛童现在还要应付那些攀关系的昔日同学，不禁为她掬了一把同情泪，但也懒得去打扰，以免在这种喜气的场合让于宛童的那些同学难堪。

不可否认，在刚刚看见于宛童和陆其琛那般甜蜜的求婚时，尹穗心里却浮现出了一个人的面容。

那是她每次走在异国他乡的街头时，都会想起的人。

那是每次有其他的追求者靠近，她都会用来拒绝他人的借口。

直到她的飞机抵达墨尔本，于宛童才告诉她原来只是因为周鹤要去参加非洲的救援队，不想让她过分担心才不得不出此下策。

看看，这多么可笑呀。

要是周鹤真的了解她，就知道她最恨的是欺骗，而不是这种感动了自己却所谓的“为你好”。

原来她在周鹤心里，就是这么一个不识大体、娇蛮跋扈的小姑娘啊。

她也不会觉得有所遗憾，毕竟分别和遗忘是每个人都必须学会经历的一段时光。

陆家夫妇现在还忙着招呼宾客，暂时没有多余的精力来陪她叙旧。

尹穗一个人坐在离后门最远的一棵树下，透过稀疏的枝丫能够看见皎洁的月光。她之前在墨尔本的时候，经常一个人看着月亮出神。

没见到周鹤之前，她还不相信世界上真的有像月亮一样清冷又淡漠的人。

现在再一次看月亮，竟然也分不清自己是为了透过月亮看见周鹤的身影，还是想念一年前的那场皎洁月色。

尹穗自己都忘了喝了几瓶红酒和啤酒，由于是于宛童大喜的日子，她也打心底为他们夫妇二人高兴，只是一想到明明她和于宛童都是同时谈的恋爱，却没想到故事结局竟然是花开两方。

她也想穿婚纱，她也想戴着钻戒接受亲朋好友的祝贺，她甚至连婚纱样式都早早订好，现在还挂在她的衣柜里。

只是不知道下一次穿着这条裙子会在什么时候。

那个时候，她身边的男人会是谁呢？是她爸生意伙伴的儿子吗？还是她妈精挑细选给她准备的门当户对的金龟婿？是商业联姻还是筹码工具？

故事的最后，我还是没能成为自己想成为的那种人。

尹穗趴在桌上，头晕沉沉的，胃里翻滚得厉害，曾经那种熟悉的绞痛又一次攀上她的肠胃，针扎似的痛彻心扉，后背泛起冷汗，她不由自主地抓紧了桌布，骨节泛白。

"我之前说的话你又忘了。"

耳边传来一道熟悉的声音。

"忌酒，忌凉，忌辛辣。"

尹穗控制不住，汩汩的眼泪顺着脸颊滴落在桌布上，晕染出大滴大滴的泪花。

那人伏在她的肩头，宛若皎洁的月色流淌进她的世界。

"需要帮助吗？"

（全文完）

Extra episode

原来我们早已相逢

很小的时候，于宛童走丢过一次。

那时她正是活泼好动的年纪，对外面的一切事物都感到新鲜。

家里的保姆每天要去幼儿园接于宛童，然后再顺路去把还在念小学的邵渊一起接回家。

这天，邵渊因为发低烧，请一天假，保姆便给幼儿园打了电话，说晚点去接于宛童。

可是于宛童不知道啊，她在幼儿园里左等右等也没等到阿姨来接，眼看着自己的好朋友被父母接走了，开始有点坐不住了。

时值放学，老师们忙着管理小朋友，还要忙着和家长交流经验，于宛童便眼巴巴地跟着好朋友的屁股后面走出了幼儿园大门。

她人小，个子又矮，站在人堆里走出幼儿园大门居然也没被保安发觉。

等到最后老师清点人数的时候才发现少了一个。

“于宛童去哪儿了？”

此时，于宛童已经沿街走到了小区的花园里。

幼儿园离她家很近，这一带是S市有名的富人区，归属于辰兴房地产开发公司，她记忆力很好，早就知道怎么自己回家了。

家里有个正在读小学的邵渊，还有个正在读幼儿园的于宛童，别提多闹腾。

于母怕这两孩子单独玩的时候出个什么危险，便吩咐保姆就算他们要玩滑梯秋千，也得让她盯着。

可保姆哪敢放心让这个娇小姐和小少爷去玩呢，每天最多在小花园休息半小时，她就得领回家，不然出个什么事她怎么负得起这责任。

于宛童沿着小花园没走几步，就发现了一个好玩意儿——轮胎秋千。

小花园里的秋千每次都被邵渊霸占，就连阿姨也说她年纪太小不能玩这个。

于宛童好奇地绕着秋千转了一圈，然后小心翼翼地坐在秋千上。

谁知她刚坐稳，身形一晃，直接从秋千上滑下来，一屁股坐到了地上。这更激发了她心中的斗志，她立马从地上爬起来，试探着重新坐上了秋千，还老练地抬起屁股往中间挪了挪，这下坐稳了。

随后于宛童犯了难，她的小短腿根本够不着地，也没办法像邵渊那样荡得高高的。

“你好笨哦。”

一道男孩的声音闯入了于宛童的耳中。于宛童左右张望好一番才发现面前树荫下站着一个小男生，对方见她投来询问的目光，又瘪瘪嘴吐槽：“连秋千都不会玩，小笨蛋。”

这下于宛童终于听出了那人在骂自己。

虽然从小于宛童就被她哥欺负，但还没被人叫过笨蛋。

她转头看了那个男孩一眼，声音软糯：“请问你为什么要骂人？”

“我有随便骂人吗？”那男孩反问于宛童。

于宛童点点头。

“你是不是不会玩秋千？”男孩又问。

于宛童继续点头。

男孩见状，接着说道：“可是秋千只有傻子不会玩，你不会玩秋千，那你说，你是不是傻子？”

于宛童脑袋一时之间没有转过来，只觉得眼前抱着手，摇头晃脑的男孩的话很有道理，于是又点点头。

“那既然这样，我怎么是随便骂人呢？”

男孩说得理直气壮，于宛童脑中哪有那么多弯弯绕绕，隐约觉得自己被人坑了，但是又找不到可以反驳的话来。

“那你教我玩吧！”

于宛童突然眼睛一亮，像是想到了什么，轻巧地从秋千上跳下来，揪着陆其琛的衣角撒娇。

陆其琛愣了一下，他其实也没怎么玩过这种东西，因为妈妈总说他还小，要是摔下来是会骨折的。

骨折就会变得很痛，会进医院。

然而对上于宛童眼巴巴的眼神，为了不驳了自己的面子，陆其琛冷哼一声，说道：“你放手，我玩给你看。”

于宛童乖乖地听话，站在一旁眼巴巴地望着陆其琛。

陆其琛咽了咽口水，故作冷静地坐上了秋千，双手拉着两旁的链子，双脚往后退了一些，随后将脚抬起，于宛童就见秋千摇摇晃晃地荡起来了，微风拂面而过，真凉快。

见一旁于宛童的眼神充满着崇拜，陆其琛心中更为得意，心中松懈，手上也松了些力气，几乎是恍神间，他已经被惯性甩了出去，摔了一个大跟头。

“你、你没事吧？”

陆其琛摔到地上，一时之间有些茫然，然后就是一阵刺痛袭上大脑，他鼻子一酸，眼泪就要掉下来，但旁边还蹲着一个女孩，他硬生生地忍住了眼泪。

“哇，都流血啦！流血啦！”于宛童看着男孩膝盖上的血，很是担心，“你流血啦！”

“你别说了！”

这下陆其琛再也忍不住了，嘴巴一瘪，哇哇大哭起来。

“你别哭！你别哭！我给你吹吹。”

于宛童蹲在地上，学着她妈妈平时照顾邵渊的方法，在男孩被擦破的膝盖上吹了吹。

陆其琛一直不停地哭，引来了旁边路人的注意，于宛童见这样止不住男孩的疼痛，心下焦急，鼻子一酸，竟然也有要哭的趋势。

“呜呜呜，怎么办啊？”

于宛童继续吹，陆其琛只觉得膝盖那里传来的疼真的是难以忍受，更加难以忍受的还有旁边这个女孩的哭声。

最终，于宛童也放弃了，陆其琛血肉模糊的膝盖让她束手无策，她干脆坐在地上和陆其琛一起哭起来。没过多久，邵家的保姆总算找来了，见到于宛童坐在地上抽噎，瞬间就变了脸色，担心地跑过去："童童，怎么了怎么了？"

于宛童看着满脸担心的阿姨，抽噎道："阿姨，他流了好多血，呜呜呜……"

听到于宛童这么说，保姆这才注意到旁边还坐了一个小男孩，满脸狼藉，膝盖上面血肉模糊，还沾着草屑。

"小朋友，你爸爸妈妈在哪里呢？"

陆其琛瘪瘪嘴，想了半天报出了两个名字。

但是，保姆哪里知道这两人是什么名号呢？

她只知道住在这一片别墅区的都是非富即贵的大户人家，见状也有些为难："要不然小朋友，你在这里等爸爸妈妈，你知道爸爸妈妈的电话号码吗？"

陆其琛点了点头，抽抽噎噎地报出了一串数字。

保姆一摸口袋，坏了，出来得急，小灵通没带。

那个时候手机还不算普及，能用上小灵通就已经算是生活上还过得去了。

保姆一手拉着于宛童，于心不忍，不由得好心提醒道："小朋友，要不然你先跟阿姨回家，阿姨给你包扎一下伤口，然后给你妈妈打电话好吗？"

陆其琛想了想，点了点头。

于是保姆便一手牵一个，带着两个小不点回了于宛童的家。

"童童，这个小朋友是怎么受伤的呀？是怎么流血的呀？"保姆蹲在地板上，抱着医药箱找着纱布和碘酒，然后温柔地揉了揉陆其琛的头顶，"等会儿阿姨给你上药的时候可能有点疼，你是男子汉，不要哭哦。"

陆其琛有些迟疑，一旁的于宛童见状，小拳头挥来挥去给陆其琛加油："加油！加油！加油！"

陆其琛一咬牙，点点头。

然而真当伤口接触到碘酒后，一阵钻心的疼痛还是刺激着陆其琛的皮肤，他小脸一垮，瘪瘪嘴又要哭了出来。

"加油！加油！加油！"

耳边又传来于宛童奶声奶气的加油声，陆其琛心一横，咬着下唇硬是没让自己哭出声来。

"哎呀，真勇敢呀。"保姆看着这小男孩一张脸都吓白了，还是直挺挺地坐着，哼都不哼一声，不由得夸赞。

“阿姨，是刚刚，在玩，他……他就摔倒啦！”于宛童的手在空中比画着，“是秋千！他就摔倒了，好多血哦！”

保姆心头又是一阵后怕，要是自己晚去一步，那岂不是摔倒的就成他们童童了！

那自己是肯定会被扫地出门了。

心怀庆幸的保姆感谢陆其琛替她挡了一枪，对待他也更加亲切起来。

“来，小朋友，你跟阿姨说，你家电话是多少呀？”

陆其琛想了想，报出一串号码来。

保姆连忙拨通座机，然而传来的却是一阵忙音。

“哎呀，不行的，你妈妈手机占线了，你爸爸的电话呢？”

一连试了三个电话号码，除去陆其琛爸妈的电话，还有家里的座机，除了占线就是无人接听，保姆没辙了，只能作罢。

“小朋友呀，你爸爸妈妈没在家，那阿姨给警察叔叔打电话，好伐？”

陆其琛一听这话，连忙摇头：“不要！不要！”

小朋友都对警察叔叔还有惧意，生怕被警察抓走。他看了一眼四周，这个小女孩家里的布置和他家差不多。

“阿姨，你家和我家好像呀。”

他的声音听起来还有些沙哑，毕竟经过上午以及刚才那一通的喊叫，喉咙快负担不起了，于家小保姆见状，连忙用纸杯倒了一杯温水给陆其琛。

“谢谢阿姨。”

陆其琛接过那杯温水，奶声奶气地道了谢。

这样光是坐着也不是办法，小保姆给于宛童的爸妈打了个电话汇报今天的事儿，但为了自己的工作，还是省略了于宛童差点走丢的事儿，只是说于宛童在小公园玩秋千的时候，遇见了一个从秋千上摔下来的小朋友。

“那行，这附近住的大部分我都认识，一会儿我问问他是谁家的小朋友。”于母想了想，又问，“小渊今天感冒好些了吗？还在发烧吗？”

“已经退烧了，中午喝了点菠菜烂肉粥就睡下了。”

“那你多给他喝点水，要出一身汗，这烧就退了。”

“邵太太，我知道的。”

等挂了电话，小保姆只觉有人在拉她的裤腿，她低头一看，原来是于宛童。

“阿姨，他是不是好啦？”

于宛童一只手揪着保姆的裤腿，一只手拉着陆其琛，她仰着头，一脸天真无邪。

“嗯，不过你千万不要碰到小哥哥的膝盖，也不能让小哥哥的伤口接触到水，知道吗？”

于宛童点点头，脑海里一直记着这个任务。

“童童，你带着小哥哥去你房间玩吧，阿姨还要扫地呢。”

“好！”

热情的于宛童拉着陆其琛就往她的卧室钻，等进了屋，她把她最宝贝的芭比娃娃拿出来想要和陆其琛一起分享。

“我们来玩公主游戏好不好呀。”

“我想玩积木！”陆其琛瘪瘪嘴，“你那个是小孩玩的游戏。”

于宛童傻乎乎地望着手上的芭比娃娃，又傻乎乎地望着陆其琛，一时还没反应过来。

“你叫什么名字。”陆其琛小大人似的双手抱肘，“我叫 Chris，你呢？”

“我叫 Monica。”于宛童低头摆弄着芭比娃娃的纱裙，“芭比娃娃可好玩了，我们玩过家家的游戏吧，我当它的妈妈。”

“我想玩积木。”陆其琛还是一贯坚持要玩积木。

于宛童没辙，只能跳下床，在一旁的柜子里翻来翻去。她人又小，蹲在柜子里都快被淹没了。过了好一会儿，她才慢吞吞地爬出来，抹了一把脸，脸上汗水和灰尘混在一起，脏兮兮的。

“好像积木放在我哥哥那里了，我去拿。”

于宛童正准备跑出房门，又很快返回来，扒着门奶声奶气地说：“你不要乱动哦。”

牢记阿姨给她布置使命的于宛童认真嘱咐道：“你盖上我的被子就不冷了。”

见陆其琛没动，她又跑回来费力地把自己的小薄被拉开盖在对方膝盖上。

“等我回来哦！”

见于宛童蹦蹦跳跳地跑开了，陆其琛这才小心翼翼地抱着自己的一只伤腿，挪到一边躺下。

他睁眼看着天花板，只觉这个小女孩真可爱，她的家人都好温柔呀。

于宛童本来是想偷偷摸摸地从邵渊的房间里把他的积木给偷出

来，没想到中途遇上邵渊想撒尿，被逮了个正着。

“阿姨——阿姨——于宛童偷我东西！”

“我没有！”于宛童愤怒地挥拳，然而邵渊比她高一个个头，足够能拎着她的后衣领，让她踮着脚尖跳芭蕾。

“那你为什么拿我积木还不经过我同意！”邵渊已经上小学了，他的语言交流能力不是幼儿园的于宛童能够比的。

可能也就是从这个时候起，奠定了邵渊喜欢说废话的基础吧。

于宛童说不过邵渊，心里一委屈，瘪瘪嘴又开始号啕大哭起来。

这下轮到邵渊没法子了，他紧张地安抚于宛童：“你别哭啦，我又没有怪你，你不要跟爸爸妈妈告状！我可没有欺负你啊！”

陆其琛本来是待在于宛童的房间发呆，冷不丁听见外面爆发出一阵惊天动地的哭声，连忙跳下床，扭开门把手跑出去。

邵渊这头还在着急地安抚他妹，也不知道从哪儿突然冒出一个人，直直地就朝他撞过来。

邵渊一个躲闪不及，被陆其琛给顶到床上趴着。

一年级的邵渊愣住了，正在哭的于宛童也愣住了。

“阿姨！有小偷！有小偷——”邵渊撕心裂肺地号叫着，撒开脚丫子就准备往门外跑。

他家房子是两层楼的独栋别墅，小保姆还在二楼打扫，一时间还没听见一楼发生了这么多的事儿。

“不是的，他不是的。”于宛童揪着她哥的手，连忙解释，“他是阿姨带回来的。”

“什么？是阿姨的儿子？”邵渊困惑地问。

可是阿姨的儿子为什么要打他啊！他什么都没做啊！

邵渊也委屈，他已经一年级了，还被一个幼儿园的欺负，说出去要被丢脸死了！都怪于宛童！

“于宛童，都怪你——”

邵渊挥着拳头又准备朝于宛童打来，被及时赶到的保姆一把拽住。

“小渊，你可不能打妹妹，不然晚上我要跟你爸妈说哦。”

邵渊心头悲愤又委屈：“阿姨，你儿子用头撞我肚子。”说完还掀开衣服，露出白花花的肚皮。

保姆定睛一看，白白的肚子上有一道红印子。

“小渊，他不是我儿子，他是你妹妹在小花园认识的朋友。”保姆把陆其琛拉到邵渊面前，挽起裤腿让他看陆其琛的膝盖。

“他早上摔了一跤，我刚刚给他包扎了伤口，等着下午他爸爸妈妈领他回去。”

邵渊又上下打量了一下陆其琛，视线在接触到他膝盖上的纱布时愣了一下，撇撇嘴：“好吧，我原谅他了。”

保姆伸出手背覆上邵渊的额头，自言自语道：“好像也没有这么发烧了，小渊，要不然你带着弟弟妹妹去玩一会儿，阿姨给你冲药，你等会儿记得吃哦。”

邵渊也不是蛮不讲理的孩子，闻言便点了点头，一听陆其琛想玩积木，便大大方方地从柜子里把他最心爱的玩具贡献了出来。

“来玩吧。”

“哇——”

这声惊呼却不是来自于宛童，而是一旁的陆其琛，他一双眼在看见邵渊的全套积木后闪闪发光：“你有这么多！”

邵渊先是一愣，随即像是找到了知音一样，不可置信地问：“你也喜欢玩积木吗？”

平时家里就只有他和于宛童，于宛童那堆芭比娃娃他实在是没兴趣，见陆其琛点点头，邵渊便喜笑颜开地钩住他的脖子，两人说悄悄话去了。没过一会儿，邵渊和陆其琛就已经勾肩搭背地玩起了积木，俨然是多年不见的好友。

于宛童站在一旁觉得没意思，嘟起嘴还没说几句话，外面就已经传来于母的声音。

“童童呀，小渊，妈妈回来了——”

“妈妈！”于宛童把芭比娃娃一扔，就跑了出去，抱着她妈的腰撒娇，“妈妈，我认识了一个新朋友。”

“我知道。”于母笑嘻嘻地揉揉她的头，领着陆其琛的母亲往客厅走去，一边走还一边给她解释。

“当时是我家保姆去接童童，就在那小花园看见你们小琛了，听说是玩秋千把膝盖摔破皮了，我们小刘就把他接回来了，还上了点药。”

保姆小刘正在收拾房间，闻言便笑着走出来领着两人走去邵渊的房间。

“三小孩儿玩得可开心了，小渊的烧也算退了。”

陆其琛的母亲一听这话，连声感谢于家。

“是，今天本来是我们保姆带他去小花园玩，结果中途心脏病犯了没拿药，被人送旁边的卫生站去了，小琛就给落下了。”

等三人走进卧室，正见陆其琛趴在地上，小心翼翼地往一个柱子上搁着一个圆锥，而一旁的邵渊也紧张兮兮地望着他。

“小琛？”陆其琛母亲连声呼唤了好几声都没得到回应。

于母见状，便笑着打趣：“从小就这么认真，摆的花样还挺多，真比我们家那小子有艺术细胞，你看，活脱脱的一座城堡，以后没准儿是建筑师或者设计师，哈哈哈！”

于宛童也扒着她妈妈的裤腿好奇地望着陆其琛搭的房子。

真好看的城堡，以后可以让她的芭比娃娃住里面……

终于，陆其琛和邵渊把城堡最后的一个围墙搭完，就算大功告成。

陆其琛母亲见状，便赶紧拉着陆其琛给于家道谢，好说歹说，终于出了于家的门。

回家的路上，陆母见陆其琛频频回顾望向于家的房子，不由得笑着打趣道：“怎么，舍不得于家的那个小丫头？”

闻言，陆其琛牵着他母亲的手，瘪瘪嘴：“她是个爱哭鬼，一点都不好玩，我喜欢和她哥玩，她哥有积木。”

“我们家也有积木呀，怎么没见你这么开心。”

“可是我们家没有小朋友呀，妈妈，你再给我生个弟弟妹妹吧。”

“哈哈，这个要回去问问你爸愿不愿意喽。”

“妈妈！妈妈！什么是建筑师，什么是设计师呀？”

"就是给别人设计房间，建造城堡的。"

"那我要当设计师！"

夕阳把他们的影子拉得老长，只留下温柔的余晖洒在两人的身上，仿佛这条通往回家的路，永远也走不到尽头。

（番外完）

本书由阿曜曜委托长沙大鱼文化传媒有限公司正式授权上海文化出版社，在中国大陆地区独家出版中文简体版本。未经书面同意，本书的任何部分不得以图表、电子、影印、缩拍、录音和其他任何手段进行复制和转载，违者必究。

大鱼文化&小花阅读
面向全国招聘兼职签约作者
长期有效哦！

公司介绍：

大鱼文化是中国一线青春文学图书策划公司，多年来与数十家国内出版社深度合作，每年向市场推出三百余个品种的青春类畅销图书，每年签约推出新人作者近百名。

其中公司子品牌“小花阅读”立足传统纸质出版，引导青年休闲阅读风向，主力打造和发掘新人创作者，采用编辑指导创作模式，创作出适合市场的优质阅读产品。

现面向全国各高校招聘兼职新作者。

我们的工作说明：

还未毕业？有其他正式工作？看清楚了，我们这次招的就是兼职！

从未有过发表史？国内一线青春编辑亲自教你点滴成文！

想要出版一本属于自己的图书？国内一线出版公司专业签约护航！

想要一份收入稳定岁月静好的兼职工作？做做白日梦写写小说最适合不过。

兼职的要求及待遇：

年龄不限，学历不限；爱看小说，想要创作。

每天只要 2~3 个小时，日过稿只要三千字，宅在室内，风雨不惊，月兼职收入不低于三千元！

我们需求的题材	清新恋爱，青春校园，都市言情，甜宠萌文，古风言情，悬疑推理，奇幻武侠，科幻冒险……

应聘的流程：

1. 上网下载一份标准简历模版，按自己的真实情况填写。

2. 自行构思一个自己最想创作的长篇故事内容，撰写三百字内容简介，将故事分为 12~20 个章节，每个章节用 100 字以内说明本节讲述的主要情节（内容简介和章节内容加起来不超过 2000 字）。

3. 将上述内容用 WORD 文档整理好，格式清楚，一起发送到以下邮箱：dayuxiaohua@sina.com （两周内百分之百回复，如两周内未收到回复则可视为发送途中邮件丢失，可再次投递）。

4. 简历和创作大纲如有合作可能，公司将于两周内派出专业编辑一对一联系，进行下一步沟通，指导创作、签约等流程。如暂时不符合合作条件，则可再次努力。

5. 一经签约，作品将按国家出版规定签订标准出版合同，成为正式出版物，所有程序遵守国家法律法规要求。

其他说明：

了解大鱼文化图书产品风格类型，有助于提高签约成功率。

了解途径：

公司产品广布于全国各大新华书店青春文学专架、全国各大网络书城、淘宝大鱼文化图书专营店及各大天猫书店

微信公众号**“大鱼文学”**和**“大鱼小花阅读”**均有签约作者作品试读。

关注新浪微博官方号“大鱼文学”，有每月产品即时消息发布。

图书在版编目（CIP）数据

让我住进你心里 / 阿曜曜著. -- 上海：上海文化出版社，2019.7

ISBN 978-7-5535-1603-5

Ⅰ.①让… Ⅱ.①阿… Ⅲ.①长篇小说－中国－当代Ⅳ.①I247.5

中国版本图书馆 CIP 数据核字（2019）第 098046 号

责任编辑　蔡美凤

特约编辑　娄　薇

装帧设计　颜小曼　西　楼

封面绘制　tendy

印务监制　周仲智

责任校对　彭　佳

让我住进你心里

阿曜曜　著

出　版　上海文化出版社

出　品　上海故事会文化传媒有限公司

（200020 上海市绍兴路 74 号　www.storychina.cn）

发　行　上海文艺出版社发行中心

（上海市绍兴路 50 号）

印　刷　长沙鸿发印务实业有限公司

开　本　880×1230　1/32　印　张　9.125

版　次　2019 年 10 月第 1 版　印　次　2019 年 10 月第 1 次印刷

书　号　ISBN 978-7-5535-1603-5/I.614

定　价　36.80 元

版权所有　翻印必究

上海故事会文化传媒有限公司　出品（00887）www.storychina.cn

本书如有印装问题，请与印刷厂联系调换。联系电话：0731-82755298